罪な報復

愁堂れな

幻冬舎ルチル文庫

C O N T E N T S ✦目次✦

✦カバーデザイン＝小菅ひとみ（CoCo.Design）
✦ブックデザイン＝まるか工房

イラスト・陸裕千景子✦

罪な報復

1

「それじゃ、ごろちゃん、いってきます」

玄関先で高梨良平《たかなしりょうへい》が笑顔でそう言い、目を閉じる。

「いってらっしゃい」

二人の間では恒例になって久しい『いってらっしゃいのチュウ』をするため、田宮吾郎《たみやごろう》は彼に歩み寄ると、顔を高梨に近づけた。

「あっ」

途端に目を開いた高梨に抱き寄せられ、唇を塞《ふさ》がれる。驚きの声を上げたため、開いた唇の間から侵入してきた高梨の舌が舌に絡みつき、吸い上げてくる濃厚なキスが始まったことで、田宮は慌てて高梨の胸を押しやり、キスを中断しようとした。

「なんで？」

不満そうな顔になる高梨を、田宮が睨《にら》む。

「もう出かけないと遅刻するぞ。前の家より遠くなったんだから」

「ああ、そういやそうやね」

思い出したような声を上げはしたが、高梨の両腕はしっかり田宮の腰に回ったままである。

「せやけど、あと五分はいけるわな」

にっこり笑い再び覆い被《かぶ》さってきた高梨の胸を、両手を突っ張って田宮は押しやると、

「馬鹿じゃないか」

といつもの台詞《せりふ》で罵った。関西人は『馬鹿』という単語を好まないという通説は高梨には当てはまらないようで、

「馬鹿やないもん。アホやもん」

と笑顔で言い返すと、可愛くてたまらないという表情を浮かべ、田宮を見下ろす。

「いいからもう行けって」

そんな優しい目で微笑《ほほえ》まれると、ときめかずにはいられない。ほだされそうになるのを気力で堪《こら》え、田宮が尚《なお》も高梨の胸を押しやると、

「しゃーない。ほな、いってきます」

と高梨は苦笑したあと、身を屈《かが》め、チュ、と田宮の唇に触れるようなキスをしてから身体《からだ》を離した。

「いってらっしゃい」

「ごろちゃんもいってらっしゃい」

そう言い、もう一度、チュ、と唇にキスを落とすと高梨は、

「もう仕事には慣れたんか?」

と問うてきた。

「あ、うん。結構慣れたよ。バイトだからたいしたことやっていないし」

答える田宮の胸が罪悪感でチクリと痛む。

「無理だけはせんようにな」

「良平もね」

気をつけて、と田宮は高梨を笑顔で送り出したあと、閉まったドアの前で、はあ、と溜《た》め息を漏らしていた。

田宮と高梨は、豊洲の高級かつ高層マンションからここ、高円寺の駅近い五階建てのマンションに引っ越してきたばかりだった。

豊洲のマンションである事件が勃発し、巻き込まれた田宮は住人の注目を集めることとなってしまった。それで高梨は転居を決め、田宮にとっても馴染《なじ》みの深い高円寺のマンションを選んだ。二人は引っ越しを土日で終え、今日、月曜日を迎えたところである。

高梨と田宮の出会いは、特異という言葉では語れぬほど特異なものだった。殺人事件の容疑者にされた田宮の無実を信じ、犯人逮捕に尽力してくれたのが、事件の捜査を担当していた刑事の高梨で、その後犯人に殺されそうになったのを救ったのも彼だった。

高梨は田宮に一目《ひとめぼ》惚れをしたと言い、捜査中から田宮が当時住んでいた高円寺のアパートに押しかけ、アプローチし続けた。犯人が逮捕される際、田宮は犯人の手により重傷を負わされたのだが、その傷が癒える間も、癒えたあとも田宮に寄り添い、心の傷をも癒してくれ、そのまま二人は同居することになったのだった。その頃には田宮もまた高梨を愛するようになっていたからである。

高梨は警視という高い階級にもかかわらず現場を好み、警視庁刑事部捜査一課で今現在も捜査に直接携わっている。優秀な刑事であるがゆえ恨みを買うこともあり、数ヶ月前に高梨はそうした輩《やから》に腹を刺され、同居していた田宮は暴力団に誘拐された上で覚醒剤を打たれ、その様子をインターネット上に拡散されるという被害を受けた。

勤務先から退職を勧告された田宮は結局会社を辞め、高梨の看病に専念することにした。ここにきてようやく高梨の傷も癒え、刑事の仕事にも復帰したため、田宮もまた新たに職を探すことにしたのだが、出会いの妙といおうか、豊洲での事件絡みで思わぬ人物との再会を果たし、その縁で就職先が決まった。しかし勤め先を高梨に正直に明かせないことに対する罪悪感に、田宮は日々苛《さいな》まれているのだった。

新しい職場は『青柳《あおやぎ》探偵事務所』という新大久保にある事務所だった。そろそろ自分も仕度をせねば、と田宮は気持ちを切り換えると、着替えるために自室へと向かった。

探偵事務所の始業は九時からではあるが、田宮はいつも八時半には出勤するよう心がけていた。今日もその時間に事務所に到着すると簡単に清掃を行い、皆が飲むコーヒーメーカーをセットしてから用意されたデスクでパソコンを立ち上げる。

田宮は内勤オンリーで、報告書の作成が主な業務だった。探偵事務所は所長の青柳のほか、『探偵』が一人と、今は就職活動に勤《いそ》しんでいる探偵助手が一人いる。

「あ、おはようございます。田宮さん、早いですね」

その助手、大学生の一ノ瀬高太郎《いちのせこうたろう》がドアを開け、室内に入ってきた。リクルートスーツの上からでもわかるガタイのよさは、水泳選手を彷彿《ほうふつ》とさせる。可愛らしい童顔と発達した筋肉にギャップがある彼は、いかにも人柄はよさげなのだが、少々慌て者、かつ抜けているところの多い若者なのだった。

「一ノ瀬君も早いね。今日もOB訪問？」

もともと人懐っこい性格らしく、田宮ともすぐ打ち解けてくれた。

「そうなんです。もう何人に会ったことやら。誰に何を聞いたか、わけわからなくなっちゃって」

困った顔もまた可愛い。しかし『わけわからなくなっちゃって』というのはマズいのではないか。

「どういう業種を狙《ねら》っているの？」

自分が就職活動をしたのはかなり昔になるので、参考になるアドバイスができる気はしないのだがと思いつつ問い掛けた田宮は、返ってきた一ノ瀬の答えに唖然《あぜん》とすることになった。

「特に希望はないんです。入れるところに入ろうって思ってるので」

「ちょっと待って。志望動機とか、なんて言ってるの？」

闇雲にOBに会っているだけなのか。業種くらいは絞ったほうがいいのではと、余計なお世話と思いながらも田宮が聞くと、一ノ瀬はあっけらかんと、

「なんて言えばいいと思いますかって、毎回OBに聞いてます」

と答え、ますます田宮を唖然とさせた。

「結構教えてくれますよ。それに『頑張れ』とも言ってもらえます」

「あ、いや、うん。ええと……」

その『頑張れ』は言葉どおり受け取っていいものではないような。しかしどう説明しようかと思っているところにドアが開き、『探偵』業務を行っている雪下聡一《ゆきしたそういち》が入ってきた。

「おはようございます」

途端に緊張した面持ちとなった一ノ瀬が声をかける。

「おはようございます」

田宮もまた挨拶をしたのだが、雪下はちらと二人を見やっただけで『おはよう』と返してくれることはなかった。

真っ直《ます》ぐにコーヒーメーカーに向かい、自分のカップにコーヒーを注ぐ。

「そしたらいってきますね。田宮さん、何かわからないことがあったら、メモでも残してお

いてください」

一ノ瀬はそう言ったかと思うと、そそくさと事務所を出ていく。雪下の『邪魔だ』オーラのせいじゃないのかと、田宮はつい、雪下を見やってしまった。

視線を感じたのか、煩《うるさ》そうな表情になった雪下の視線は田宮には向かず、どさりと音を立てて彼のデスクの椅子に座ると、コーヒーを飲みながらポケットから取り出したスマートフォンの画面を眺め始める。

眉間に縦皺《たてじわ》がくっきりと刻まれたその顔はいかにも不機嫌そうだが、もしや自分のせいだろうかと田宮は密《ひそ》かに溜め息を漏らした。

雪下と田宮の間には、直接何があったというわけではない。雪下とかかわり――というより『確執』という表現のほうが相応《ふさわ》しいかもしれない――があるのは、高梨なのだった。

雪下は以前刑事で、高梨とは同期だった。上司から睨まれていた彼は、捜査中の発砲を理由に懲戒免職となったのだが、そのことで高梨との仲はぎくしゃくしたまま時は流れた。その後、ある事件をきっかけに再会したものの、二人の関係が改善されることはなかった。高梨のほうでは雪下と再び友情を構築したいと願っているのではと田宮は感じ、それに協力できないだろうかとの思いから雪下と同じ勤務先で働くことを決めたのだが、どうやら雪下のほうでは迷惑に思っているようで、田宮が働き始めてこのかた、彼の機嫌はずっと悪いのだった。

話しかけられることは滅多にない。珍しく口を利いてくれたと思っても、『早く辞めろ』としか言われたことがなく、さすがに凹む、と思いながらも、何か親しくなるきっかけは摑《つか》めないだろうかと、微《かす》かな可能性を探す日々を送っていた。

そのためにはまず、自分に与えられた仕事を遂行することだと田宮は気持ちを切り換え、仕事にかかった。

田宮の業務は、雪下らがあげてきたメモから報告書を作成することだった。雪下はアナログ人間らしく、あがってくるメモや書類はすべて手書きで、しかも走り書きばかりで非常に読みづらい。解読に時間がかかるためなかなか進まず、また完成したものに修正が入ることもよくあった。

直接本人に聞ければいいのだが、日中はほとんど外出しているためかなわない。今であれば聞けるかなと、田宮がちらと雪下を見やったのとほぼ同時に彼が立ち上がったものだから、田宮ははっとしたせいで思わず声を漏らしてしまった。

「あ……」

「…………」

なんだ、というように雪下が田宮を睨む。

「すみません、なんでもありません」

先週、確認したいと思っていた箇所はいくつかあったのだが、すぐに取り出すことはできない。それで田宮は慌てて謝ったのだが、雪下はそれを聞き、何を答えることもなくそのまま部屋を出ようとした。

と、彼がドアを開こうとするより一瞬早くドアが開き、アンニュイな声音が室内に響いた。

「モーニン、おや、ちょうどよかった。雪下君、一緒にコーヒーでもどう？」

部屋に入ってきたのはこの探偵事務所の所長、青柳藍《あい》だった。男の田宮であってもあてられるほどのフェロモンを撒《ま》き散らしている彼は、今日もそのフェロモン全開で雪下に笑顔を向けたのだが、雪下は、

「もう飲んだ」

とすげなく言い捨て、彼の横をすり抜けて外へと向かおうとした。

「あまり余所見《よそみ》をしないようにね」

だが青柳がそう声をかけると足を止め、振り返って彼を睨み付ける。

「なんの話だ？」

「脱線もほどほどにということさ」

「脱線などしていない」

むっとしたように雪下は吐き捨てると、ふいと前を向きそのまま出ていってしまった。

「カルシウムが足りてないいんじゃないのかな。彼、怒りっぽいよね」

二人の様子を見るともなしに見ていた田宮は、青柳に笑いかけられ、はっと我に返った。

「お、おはようございます」

「おはよう。コーヒー、もらえる？」

ああ、眠いと言いながら青柳が彼のデスクに向かう。

「はい」

返事をし、コーヒーメーカーのある場所へと向かった田宮に、青柳が相変わらず眠そうな声で話しかけてきた。

「その後、勤め先のことについて、『おうちの人』からは特に追及されてない？」

「……っ」

不意打ちともいえる問い掛けにカップを取り落としそうになる。が、すぐに田宮は自分を取り戻すと、

「されていないです」

とコーヒーを注ぐ手を止め、青柳を振り返った。

「それならよかった」

眠そうにしながら、青柳がにっこりと微笑む。

「どうぞ」

コーヒーを注いだカップを田宮は青柳のもとに運んだ。

「ありがとう。このコーヒー、美味《おい》しいよね。ウチから持ってきてくれたの？」

一口飲んだあと、青柳が田宮に問い掛ける。

「はい」

「もし買ったんだったら請求してね。経費の精算については、高太郎に聞いてくれるかな。なに、領収書を伝票に添付して提出するだけのことなんだけどね」

「家にあったものなので精算はしなくて大丈夫です」

答えながら田宮は、自分のコーヒーはともかく、雪下や青柳の経費の精算はあるだろうから、明日にでも一ノ瀬にやり方を確認しようと一人頷《うなず》いた。

「田宮君は真面目だね」

そんな田宮の気持ちを見透かしたように青柳は微笑み、そう告げたあと、世間話のような感じで問い掛けてくる。

「そういや勤め先のこと、『おうちの人』にはなんて説明しているんだっけ？」

「友人が事務系の仕事を紹介してくれたと言ってます。友人には口裏を合わせてほしいと頼んであります」

「その友人にはなんて説明したの？」

「ここに一緒に来たことがあったので、正直に言いました。勿論《もちろん》、詳しい話はしていません」

「一緒に……ああ、富岡《とみおか》君だっけ？」

眠そうなのは相変わらずなのに、正確に富岡の名を思い出した青柳に対し、田宮は驚いたせいで一瞬、答えるのが遅れてしまった。

「あ……はい。そうです」

「富岡君も会社を辞めたんだよね。今はビジネススクール勤務だっけ」

「え？」

なぜそれを。驚愕が田宮の思考をストップさせる。

「彼にはここのことをなんて説明しているの？　止められたでしょう、探偵業なんてやめておけと」

「……さっきも言いましたが詳しいことは何も話していません。ここで働きたいのだが、りょう……高梨さんには勤務先を明かさないというのが雇用の条件なので、口裏を合わせてほしいとお願いしたんです」

ようやく気を取り直し、説明する。実際は、高梨と雪下の確執のことや、二人の間を取り持つ一助になりたいというのが働く動機なのだということは説明していた。が、青柳が案じているのはそんなことではないとわかっているためそこは隠し、言葉を続ける。

「彼にも誰にも、この事務所が公安の依頼で、警察官の不正を調べていることは明かしていませんのでご安心ください」

「勿論、そこは君を信用しているよ。そうじゃなければ雇っちゃいない」

青柳が目を伏せ、コーヒーを啜《すす》る。それでは何を聞きたかったというのか、と訝《いぶか》りながらも席に戻ろうとした田宮に、アンニュイな口調のまま青柳が話しかけてきた。

「ただ、君の『おうちの人』は仕事ができすぎるほどにできるから。君が明かす気がなくても何か気づくんじゃないかと、それを案じているだけさ」

「……気をつけます」

『おうちの人』と、敢えて名前を出してはこないが、青柳が高梨を警戒しているのはひしひしと伝わってくる。しかしそれならなぜ自分を雇うことにしたのだろうと、田宮は密かに首を傾《かし》げた。

田宮がここ、青柳探偵事務所で働くようになったのは、豊洲での事件がきっかけだった。事件関係者と勘違いされた田宮に雪下が聞き込みをかけてきたのだが、流れでこの探偵事務所まで連れて来られた。その際、うっかり者の一ノ瀬が調査していた警察官の情報を大声で語りながら入室したため、田宮は口止めを強いられたと同時に、秘密保持契約を結ぶためにここに勤めないかと、青柳に勧誘されたのだった。

その時点で青柳は、田宮が高梨と同棲していることを知っていたはずだった。なのになぜ彼は自分を誘ってくれたのか。

何か考えがあってのことか。それとも言葉どおり『秘密保持契約』のためなのか。ひょうひょうとした青柳の様子からは、これという答えを見出《みいだ》すことができない。

何か他に狙いがあるのかもしれない。その狙いがなんであれ、約束したことは守るし、報酬に見合うだけの、否、それ以上の仕事をしようと、田宮は改めてパソコンに向かい、報告書の作成に戻った。

前任の一ノ瀬は、IT関連に弱いということで、手書きで報告書を作成していた。田宮もそう得意ではないが、以前の勤め先では業務にパソコンは必須だったため、手書きよりはワープロソフトを使うほうが楽だと、パソコンを使っている。

作成したものはプリントアウトし、年月別にファイルする。これをデータベース化したらどうだろうと思いついた。

紙のファイルでは探すのも大変だ。データ化しパソコン内かクラウド上に保存したら、検索をかけるのも容易《たやす》くなる。

データベースのソフトはあまり使ったことがなかったが、簡単なものであればマニュアルを見れば作れるのではないか。よし、やってみようと田宮はインターネットで検索しながらデータベースソフトでまずは報告書の枠組み作りを始めたのだった。

田宮の勤務時間は午後五時で終了となる。青柳も、そして雪下も朝以降は顔を出すことなく、一ノ瀬も戻ってこなかったため、田宮はコーヒーメーカーを片付けると、施錠をして事務所を出た。

夕食の買い物をして帰ろうと思っているところに、スマートフォンが着信に震え、画面を見ると高梨からメールが届いていたのですぐに開く。

今日は夕食がいらなくなった、かんにん、という文面は、かなり急いで打たれたもののようだった。事件の捜査だろうなと推測できるだけに田宮は、「了解。気をつけて」と短く返信をしたのだが、返信自体が高梨の迷惑になっていないといいと案じずにはいられなかった。きっとメールどころではないだろうとわかるからだが、かといってせっかく『夕食はいらない』と知らせてくれたことを認識していると伝えたほうがいいのではという思いもある。何が正解なのかは、本人に確かめるしかないが、高梨はきっとなんでも正解、という答えしか返してこないだろうということもまた、田宮にはよくわかっていた。

さて、今日の夕食は一人となった。何か食べて帰ることにしようかと考えていたところにまた、スマートフォンにメールが届く。かつての会社の後輩にして今は友人となった富岡雅《まさ》巳《み》からで、なんだろうと開くとご機嫌伺いのような内容だった。

『その後どうですか？　新居も仕事も落ち着いてますか？』

引っ越しも手伝うと言ってくれたのだが、当日どうしても外せないイベントが入ってしまったとのことで行かれなくなったと謝罪があった。荷物は少ないので二人で充分だと言ったのだが、それでも気にしてくれているらしい。

そうだ、と田宮は思いつき、もしこのあと時間が許せば一緒に夕食をとらないかとメールを打った。と、送信した数秒後に電話がかかってきて、早すぎる、と驚きつつも田宮は電話に出た。

「もしもし？」

『いきましょう、メシ。今、どこですか？』

「新大久保だよ。富岡は？　すぐ出られるのか？」

『勿論。僕は今、早稲田なんです。新宿あたりで落ち合いましょうか。田宮さん、何か食べたいもの、ありますか？』

富岡の声が弾んでいる。特に希望はないと伝えると、取り敢えず駅で待ち合わせましょうということになり、田宮は電話を切った。

富岡には『世話になっている』という言葉では追いつかないほど、何から何まで力になってもらっている。彼曰《いわ》く『友達だから当然』とのことだが、自分が彼に返せていないだけに田宮は申し訳なさを感じていた。

かつて富岡からは恋愛的な意味合いでの熱烈なアプローチを受けていたが、あるときからスパッとそれがやみ、富岡は『友達』という言葉を頻繁に口にするようになった。

心境の変化が何によるものか、田宮にはわかっていない。田宮も、富岡のことを『友達』と思っているし、彼のために何かしたいという気持ちもまた間違いなく彼と同等にはあるのだが、状況としては助けてもらうほうが多いように思えて仕方がない。

しかしそれを申し訳なく思うのは『友情』には反するような気もする。もし立場が逆であったとしても、自分もまた気にすることはないだろうから、と、考えるようにはしているのだが、それでも田宮の胸には罪悪感が湧《わ》いてきてしまうのだった。

新宿の駅には、富岡が先に到着し、田宮を待っていた。

「悪い、待たせた」

「全然。地下鉄がすぐ来たんですよ」

富岡は今日もジャケットの下はTシャツ、という、ラフな格好をしていた。彼の勤務先ではスーツは着ず、これが通常の服装なのだという。

田宮はネクタイこそしていないものの、スーツ姿だった。事務系のアルバイトと高梨に伝えているのでスーツで出勤しているのだが、職場では浮いているとも感じていた。

「エスニックと和食とイタリアン、どれがいいですかね。中華もいい店ありますよ」

既に店の候補を考えているらしく、富岡が田宮に問うてくる。

「うーん、そうだな……」

本当に希望がなかったため答えに迷うと富岡は、

「そしたらまだ僕も行ったことないんですが、評判いいというベトナム料理にしましょうか」

と店を決めてくれた。

「いいな。生春巻き食べたい」

「席、あいてるか、聞いてみますね」

すぐさまスマートフォンで電話をし、これから行くと告げて電話を切る。流れるような一連の動作には感心するしかなく、さすが、と田宮はまじまじと見つめてしまった。

「なんです？」

「いや、相変わらずできる男だなと」

「ふふ、今の職場でも彼氏にしたい若手ナンバーワンと言われてます」

ふざけた様子で胸を張ると富岡は、

「行きましょう」

と先に立って歩き出した。確かに『彼氏にしたい若手ナンバーワン』だろうなと納得しながら田宮は彼に続き、ベトナムレストランへと向かった。

「お疲れ」

「引っ越しおめでとうございます」

ベトナムビールで乾杯したあと、富岡が注文してくれた料理を待つ間、富岡は早速引っ越しのことを聞いてきた。

「高円寺でしたっけ。どうですか？　前に住んでいたところから近いんですか？」

「少し離れてるかな。ＪＲの駅の近くなんだ」

「セキュリティはしっかりしてますよね？　って、良平が選んだなら安心でしょうが」

「だからお前が良平っていうなよな」

「本人からもクレームきてるんですが、なんでしょうね、この癖になる感じ。田宮さんも癖になりました？　呼びやすい名前なのかな」

「いや、俺は……」

なかなか『良平』とは呼べなかったような。一方、高梨は出会った初日から『ごろちゃん』と呼びかけてきて、非常に戸惑ったのだった、と懐かしいことを思い出し、ほっこりしかけていた田宮は、そんな場合じゃなかった、と富岡を睨んだ。

「とにかく、『良平』呼びは禁止だからな」

「わかりましたよ。独占欲、強いんだから」

「うるさい。それで？　イベントはどうだった？」

自分が仕切るので抜けることができず、引っ越しを手伝えなくて本当に申し訳ないと繰り返し詫《わ》びられていたため、逆に富岡に尋ねる。

「おかげさまで盛り上がりました。登壇者が有名人だったことに助けられましたよ」

その登壇者を選んだのも自分だろうにと田宮は察しながらも「よかったな」とグラスを掲げた。

「ありがとうございます。ところで、田宮さんのほうはどうなんです？」

「え？　引っ越しはここ数回ですっかり慣れたから。おおかた片づいたよ」

聞かれたのは引っ越しのことだと思い答えたのだが、富岡が田宮に聞きたいのは別のことだった。

「職場のほうですよ。良平……おっと失礼、高梨さんと雪下さんの間を取り持つという。進展ありましたか？」

「まったくない」

富岡には口裏を合わせてもらう必要があったため、すべてではないが簡単に青柳探偵事務所に勤めたい理由を説明していた。あまりに進展がないと心が折れそうになるが、愚痴を零《こぼ》す相手がいるのは精神衛生上、非常に助かる、と田宮は改めて富岡に感謝の念を抱きつつ言葉を続けた。

「そもそも、俺が打ち解けられていないんだ。長い道のりになりそうだよ」

「僕個人としては、危険が伴いそうな職場じゃなく、ウチ関連の安全なところに転職してもらいたいんですけどねえ」

やれやれ、というように富岡が溜め息をつく。

「俺は内勤だから、危険は一切ないよ。今日もやった業務はデータベース作成だし……あ」

説明しながら田宮は、富岡がパソコン関係に詳しいことを思い出した。

「アクセス使おうと思うんだけど、いいマニュアル、ないかな」

「アクセスですか。好き好きですけど、エクセルでも充分、用が足りるような気がしますよ。打ち込むのも楽じゃないかな。ああ、でも、アクセスを使いたいのならフォーマット作りますよ。どういったものですか？」

「あ、いや。そこまで頼るわけにはいかないし、自分で作ってみたいんだ」

富岡を信用していないわけではないが、業容的に外注ができるはずもない。スキルの一つとして持っていたいこともあり、田宮が断ると富岡は、

「わかりました。そしたらオススメのサイトやマニュアル、あとでメールしますね」

と気を悪くするでもなく笑ってそう言い、この話はここで終わりとなった。

こうしたところにも彼の気配りを感じ、罪悪感めいた気持ちがまた湧き起こる。そう感じることと自体が申し訳ないのだがと、田宮は己の思考に蓋をすると、その後は富岡が話してくれるイベントで登壇した有名人の講演について興味深く耳を傾け、美味しいベトナム料理に舌鼓を打つという楽しい時間を過ごしたのだった。

2

翌日、田宮が出勤すると、彼がいつも使っているパソコンの前には一ノ瀬が座って何か作業をしていた。

「おはようございます」

「あ、おはようございます。あっ」

余程集中していたのか、田宮が声をかけると一ノ瀬は飛び上がりそうな勢いで振り返ったと同時に、何かをやらかしてしまったらしく青ざめている。

「どうしたの?」

「あの……あの、すみません!」

真っ青になり謝罪をしてくる一ノ瀬が何に対して謝っているのか、田宮にはまるで予測がつかなかった。

「どうしたのかな?」

それで再び問うたのだが、返ってきた答えには声を失うことになったのだった。

「田宮さんが作ったデータベース、すみません、今、間違えて完全に削除してしまいました」

「え？　なんで？」

なぜ削除することになったのか。『間違って』というが、どう間違うと完全削除になるのだろう。昨日一日かけ、もう少しでフォーマットも完成するところだっただけに、田宮は脱力してしまいながらもつい、一ノ瀬を問い詰めてしまった。

「すみません！　本当にすみません！」

一ノ瀬はただただ頭を下げ続けている。削除してしまったものは仕方がない。作り直せばいいだけだと、落胆する気持ちを隠し、一ノ瀬に笑いかける。

「いいよ。ミスは誰でもあるし。また作ればいいだけだしね」

「あの……！　その……！」

田宮は一ノ瀬を許したつもりだったのだが、田宮の言葉を聞いた直後、一ノ瀬はますます青くなり、何かを説明しようとする。しかしよほど焦っているのか、まるで言葉にならない様子であることに、何がそうも彼を慌てさせているのかと田宮は首を傾げた。

「大丈夫だよ」

わけがわからないものの、まずは落ち着いてもらおうと、更に『許容』を表現するべく笑いかける。

「あの、違うんです」

一ノ瀬は更に青ざめ、あわあわしながら何かを説明しようとする。一体なんなんだと田宮が問い掛けようとしたそのとき、ドアが開き青柳が事務所内に入ってきた。

「おはよう。どうした高太郎。また何かミスでもしたか？」

「所長……あの……あの……」

青柳の出現が一ノ瀬を萎縮《いしゅく》させたらしく、今まで以上に言葉を失っている。

「たいしたことじゃありません。すぐ復旧できますので」

見ていて気の毒になったこともあり、田宮が代わって青柳に答える。と、青柳は田宮へと視線を移し、目を見開いてみせた。

「復旧？　高太郎から聞いてない？」

「何をですか？」

すべて削除したことなら聞いたが、と問い返した田宮は、返ってきた青柳の答えに愕然とすることとなった。

「君、報告書をデータベース化しようとしていたでしょう。前に伝えるのを忘れたこっちのミスなんだけど、困るんだ。報告書をワープロソフトで作ってもらうことに関してはなんの問題もないんだけど、プリントアウトしたあとには、データはすべて消去してもらいたいんだよ。インターネット上には勿論、パソコン内にも残さないように。何せ機密事項だからね」

「……っ。そうだったんですね」

知らなかった。しかしたとえ教えられていなくとも、業務内容は知っていたのだから、想像できないはずもなかった。田宮の頬にカッと血が上る。

「高太郎には、データベースを消去した上で理由を説明するようにと伝えたんだけど、この馬鹿は消去はできても『説明』はできなかったみたいだね」

まったく困ったものだ、と青柳が肩を竦《すく》めたあとに、一ノ瀬を睨む。

「す、すみません、やっぱり説明したあと削除したほうがいいと思っていたのに、間違って全削除しちゃったんです……」

ほんと、すみません、と頭を下げる一ノ瀬の上に『しょぼん』という文字が見える。

「いや、ありがとう。お手数かけて申し訳なかった」

謝られることではない。謝るのはこっちだ、と田宮が頭を下げると、一ノ瀬はそれまで以上に焦った様子でぺこぺこ頭を下げ返してくる。

「ご、ごめんなさい！　本当に！」

「高太郎、もう出かける時間だろう？　OB訪問だか会社訪問だか知らないが。遅刻するぞ」

「あ！　ほんとだ！　あの、ほんと、すみませんでした‼」

赤くなったり青くなったりしながら一ノ瀬が鞄《かばん》を抱え、事務所を駆け出していく。最後に田宮に一礼したが、そのとき彼の顔にはこれでもかというほどの罪悪感が表れていて、今日これからの彼の就職活動に悪影響が出ないといいのだがと、田宮は案じずにいられなかった。

「あれを採用しようという企業があるとは思えないよねえ」

呆《あき》れた様子で青柳が田宮に対しても肩を竦めてみせる。

「あの……申し訳ありませんでした」

余計なことをした上に、一ノ瀬にもいらない気を遣わせてしまった。詫びた田宮に対し、青柳が意外そうに目を見開く。

「何を謝ってるの？　データベースのことなら、もう高太郎が削除したから問題ないけれど」

「余計なことをしたなと反省してます」

「あはは、田宮君は真面目だねえ。こっちの説明不足が原因だよ。今後はそうしてという話さ。それじゃ、僕はもうちょっと寝てくるね」

青柳がひらひらと手を振りながら事務所を出ていく。自分の謝罪が鬱陶しかったのだろうかと、今度はそのことに反省する田宮の口からは溜め息が漏れてしまっていた。

と、ドアが開き、今度は雪下が入ってくる。

「おはようございます」

「………」

挨拶をしたが、いつものように無視をされる。

「あ」

出勤直後に、一ノ瀬や青柳とのやり取りが始まったため、いつものようにコーヒーメーカーをセットしていなかった、と思いついた田宮は、思わず声を上げたあと、慌てて詫びることにした。

「すみません、今日はまだコーヒーできていなくて」

「………」

それを聞いた雪下が、ちらと田宮を見やる。

「すぐセットしますね」

毎朝、雪下はコーヒーを飲んでから出かける。それが彼のルーティーンなのであれば、と、田宮は慌ててコーヒーメーカーへと向かったのだが、そんな彼に雪下は一言、

「いらない」

と告げると、そのまま事務所を出ていこうとした。

「申し訳ありません！」

今日は何から何まで駄目だ。新たな反省を胸に頭を下げた田宮を、雪下が振り返る。

「朝からうるさいんだよ。謝るくらいならさっさと辞めるんだな」

「………」

日頃から雪下には『辞めろ』と言われている。いつものことといえばそうなのだが、己のミスに落ち込んでいるときだったので、いつも以上にその言葉は田宮の胸に刺さった。

声を失っている間に雪下は事務所を出ていってしまった。暫《しばら》くの間、田宮は身動きをすることもできず、雪下が出ていったドアを見つめていた。

自分はここでなんの役にも立てていない。その上、雪下には日ごとに疎まれていく度合いが上がっていくようにも感じる。

高梨との仲を取り持つなど、到底無理な話ではないのか。秘密保持契約を結ぶために就職をと青柳に言われて勤め始めたが、承知すると逆に本気かと驚かれた。青柳のあの様子では、もし辞めたいと言ったとしても、引き留められはしないのではないか。

迷惑にしかなっていないのなら、辞めたほうがいいのか。自分のついた溜め息の音で田宮ははっと我に返った。

マイナス思考もいい加減にしろ、と、己の頬を両手で叩《たた》く。

一ノ瀬を就職活動に専念させるために、人手が足りないと言われたではないか。今、自分が急に辞めたら、少なくとも新しい人間が決まるまでの間は迷惑がかかる。まったく役に立てていないから辞めたほうがいいのでは、などという考えに至る自分が情けない。役に立たないのなら役に立つようになればいいのだ。

努力の方向性を間違えたことをくよくよ悩んでいる暇はない。同じミスを繰り返さなければいい。そのためにはコミュニケーションだ。幸い、早朝に一ノ瀬は一度出勤するようだから、時間がありそうなら相談してみよう。青柳に直接聞くという手もある。タイミングを見つけて聞いてみよう。

何より、自分に与えられた仕事は報告書の作成だ。紙のファイルのみにするということはわかったが、どのようなファイリングが求められているのかはまだ聞けていない。あとから見返すことはあるのか、統計を取ったほうがいいのか、それともただ、記録として残しておくだけなのか。そういったことをリサーチし、工夫していこう。

雪下との関係については後回しだ。『辞めろ』とは言われるが、具体的に『いつまでに』ということは言われていない。無視されようが挨拶は続ければいいし、聞けそうだったら彼にも報告書のファイリングについて、希望を聞いてみよう。焦っても仕方がないじゃないか、と田宮は再び己の頬を両手で叩くと、よし、と声を上げて立ち上がり、まずはコーヒーだとコーヒーメーカーのセッティングにとりかかったのだった。

一方、高梨はその頃、事件の関係者への聞き込みのため、部下の竹中《たけなか》の運転する覆面パトカーで都下にあるT大学へと向かっていた。

「お坊ちゃん大学ですよね。なんだってあんな死に方したんだか」

ハンドルを握る竹中が首を傾げる。

「被害者もそこの学生やったよな。二年生？」

「はい。これから話を聞きに行く被害者の友人も二年です。どちらもヤクザとはかかわりがなさそうですよ」

「……トカレフでの銃殺やもんな」

高梨もまた、違和感を覚え首を傾げた。

昨夜、新宿歌舞伎町の閉店していたバーで、大学生、人見和樹《ひとみかずき》の遺体が発見された。発見者は不動産会社の社員で、管理しているその店の防犯システムが稼働しなくなったため確認に来たところ、フロアで銃弾を受け絶命している人見を発見したのだった。

死亡推定時刻は午前零時から三時の間、犯行現場も店内と確認が取れた。防犯カメラは前日から切られており、それが誰の手によるものかは不明となっている。

遺体の身元がすぐ判明したのは、財布の中から運転免許証が発見されたからだった。財布には約五万円が入ったままになっており、物盗りによる犯行ではなく怨恨の線で洗うという捜査方針が深夜の捜査会議で決定した。

「あ、彼ですかね。大学の職員と一緒に門の前に立っているということだったので」

目ざとく見つけた竹中がそう告げ、車を門の前につける。

「坂崎《さかざき》さんですね？」

高梨と竹中は車を降りると、青ざめた顔で立ち尽くす若い男へと近づき、声をかけた。

「そうです。私はT大学の職員をしております川井《かわい》と申します」

答えたのは学生ではなく、傍《そば》にいた付き添いの女性職員だった。彼女も緊張しているようで、背筋を伸ばしたその身体が細かく震えているのがわかる。

「警視庁の高梨です」

「竹中です」

名乗り、警察手帳を開いて提示する。

「部屋を用意しました。ご案内します」

きびきびとした動作で女性職員が二人を連れて大学の門を潜る。その間、学生は一言も喋《しゃべ》らず、心細げな顔を伏せていた。

『お坊ちゃん大学』と竹中が言っていたが、育ちのよさそうな雰囲気の学生である。被害者も同じような感じなのだろうか。となるとますますトカレフで撃たれたというのは違和感があるなと思いながら高梨は女性職員のあとに続き、事務局が入っている棟の会議室へと足を踏み入れた。

「この部屋をお使いください。あと、これはお願いなのですが、キャンパス内での聞き込みはできればご遠慮いただきたいのです。学生が動揺しますので。他に話を聞きたい学生や教師がいましたら我々がこの部屋にお連れします」

ご配慮ください、と川井という名の職員は固い表情でそう言うと、頭を下げ部屋を出ていった。

入れ違いに別の女性職員がお茶を盆に載せて入ってきて、高梨と竹中、そして学生の坂崎の前にそれを置き、退出する。

「坂崎さん、人見さんが亡くなったことについて、お話を伺いたいのですが」

「僕は何も知らないんです」

高梨の問いが終わらないうちに、坂崎は俯《うつむ》いたままそう言い、首を横に振った。

「亡くなっていた店は歌舞伎町にありました。既に閉店しているショットバーですが、今までいらしたことはありますか？」

「歌舞伎町には滅多に行きません。少なくとも僕はその店に行ったことがありません。人見もないんじゃないかと思います」

「最後に人見さんに会ったのは？」

「一昨日《おととい》です。大学で会いました。同じ講義を取っているので」

「そのときの人見さんの様子は？」

「普段どおりです。普通に講義に出て、昼を一緒に食べて……」

「亡くなったのは昨日の夜です。昨日はお会いにならなかった？」

「はい。会ってません。人見は大学に来ていませんでした……多分」

「いつもはいらっしゃるんですね？」

「はい。般教の法学は人見もとっているので。代返を頼まれなかったけど、頼むのを忘れたのかなと思ってました」

答えたあと坂崎は溜め息を漏らし、首を横に振った。

「家は普通に出たって聞きました。一体どこに行ったんだか……」

「心当たりはないんですね？」

「まったく」

「なんでもいいんです。普段と少し違うとか、こんなことがあったと話していたとか……最後に会ったときでなくてもいいです。何か記憶に残っていることはありませんか？」

高梨の問いに坂崎は俯いたまま、暫くの間固まっていた。

「……ダメです。まったく思いつきません」

三十秒ほど考え込んでいた彼が、溜め息と共にまた、首を横に振る。

「質問を変えましょう。坂崎さんとは二人でいることが多かったですか？」

この質問は、他に仲のいい学生を教えてもらい、今度はそちらに聞き込みをかけるためにしたものだった。

被害者、人見の両親からは、息子の友人について、坂崎の名しか聞いていない。何かを言い淀《よど》んでいる様子だったのが気になっていたのだが、坂崎もまた高梨のこの問いには微妙な表情となり黙り込んでしまった。

「仲のいいグループなど、ありませんでしたか？」

それで問いを変えると、坂崎はぼそぼそと聞こえないような声で答え始める。

「グ、グループとかは特にありません。付属から一緒だった友人とはよく一緒にいますが、それだけです」

「人見さんと特に仲がよかったのは？」

「僕です。他の人に聞いても、それほど情報は集まらないと思います」

「一応、お友達の皆さんの名前、教えてもらえますか？」

「はあ……」

高梨が食い下がったのは、人見の両親に感じたような『明かせない何か』を坂崎の言動からも見出したからだった。

渋々といった様子で坂崎が何人かの学生の名を告げる。彼が名を挙げたのはすべて男性で、女子学生はいなかった。

「何か思い出したことがあったらお知らせください」

これ以上、彼を引き留めても何も聞き出せそうにないと、聞き込みを切り上げる。

「……どうも」

坂崎は会釈をして出ていったが、できるだけ目を合わせないようにしていたその理由はなんなのか、と高梨は竹中と顔を見合わせた。

「本当に一番仲のいい友人なんですかね。まあ、既に所轄の刑事が聞き込んだあとだからかもしれませんが……」

にしても、と竹中が憤慨した声を出す。

「友達が殺されたというのに、協力的じゃないなんて。一体何を考えているんだか」

「ともかく、まずは今聞いた学生を呼び出してもらうことにしよう。竹中、川井さんに頼んでくれるか？」

「わかりました。今、行ってきます」

竹中を見送ったあと、高梨は一人、事件のことを考え始めた。

銃殺だったと知ったときの両親の反応は、まるで信じられないというものだった。人違いでもされたとしか思えない。号泣していた母親の様子が高梨の頭に蘇《よみがえ》る。

裕福な家庭であることは家を見ればわかった。父親は一部上場会社の役員だが、官僚からの天下りであるらしい。物言いが会社員というよりは未だ役人のようだった。

殺害の動機は父親絡みかもしれないということで、捜査一課と所轄の刑事たちが身辺を洗っている。

それにしても坂崎は何を隠しているのだろう。そして被害者の両親も。印象としてはトカレフを持つような人間とのかかわりは誰もなさそうである。

警察に隠したい内容としては、被害者が闇社会の人間と関係があった等となろう。たとえば大麻や覚醒剤を暴力団から購入していたとか――？　いや、解剖の結果、薬物反応は出なかったということだったな、と思い出していたところに、竹中が川井と共に戻ってきた。

「学生を集めるのに少し時間をください」

「どのくらいかかりますか?」

「一時間いただければ」

川井の答えを聞き、高梨と竹中は顔を見合わせた。

「連絡がついた学生から順番に話を聞くというのはどうでしょう」

「すみませんが、それはちょっと」

高梨の申し出を、なぜか川井は受け入れようとしなかった。やはり何かあると察した高梨は、無理強いをせず別の方向からその理由を探ることにし、頷いた。

「わかりました。それでは一時間後に我々もここに戻ることにします。竹中、行くぞ」

「え? あ、はい」

「あの、くれぐれも学内で他の生徒と接触するようなことはなさらないでください」

川井が念を押してくるのに、高梨は「わかりました」と答え、彼女を残して部屋を出た。

「殺人事件の捜査なんですけどねえ。学生たちだって別に動揺なんてしないんじゃないかな」

口を尖《とが》らせる竹中を伴い、高梨は大学の門を出ると周囲を見渡し、レトロな雰囲気の喫茶店に目をつけた。

「あの店に行こう」

「コーヒーブレイクですか?」

「アホ。聞き込みや」

「ああ、なるほど。学内で話を聞くわけじゃないですもんね」

竹中が納得した声を出す。高梨はそんな彼と二人、喫茶店に入ったのだが、予想どおり店内には数名の女子学生が客として座っていた。

「いらっしゃいませ」

どうやら老夫婦でやっている店らしい。カウンターの中から声をかけてきたのは、七十代と思《おぼ》しき男だった。

「カウンター、いいですか？」

「ええ、どうぞ」

高梨と竹中がカウンターに座るのに、ボックス席の学生たちがちらちらと視線を送ってくる。

「今日のコーヒーにします。竹中は？」

「僕も同じで」

わざわざカウンターの中から出て、二人に水をサーブしてくれた、やはり七十代と思しき女性に渡されたメニューの中からオーダーすると、

「まだモーニングに間に合う時間だけど、召し上がらない？」

と品よく微笑みながら、彼女が提案をして寄越した。

「ああ、ええですな。いただきますわ」

「あら、関西のかたなのね」

高梨の返事を聞き、老婦人がにこやかにそう告げる。

「はい」

「ご出張？」

「いえ、大学に用事がありまして」

どうやら出張中のサラリーマンと間違えたらしい彼女に高梨はポケットからとり出した警察手帳を示してみせた。

「まあ刑事さん！　じゃあ本当だったのね。T大学の学生さんが殺されたっていうお話」

「もう噂《うわさ》になってますか？」

マスコミ発表はまだされていなかった。しかし学生たちの間で情報は回るだろうと想像できる。何せ同級生が殺されたのだ。しかもセンセーショナルな状況で。噂にならないほうがおかしいだろうと思いつつ問うた高梨に対し、老婦人は、

「朝からその話題で持ちきりよ」

と心持ち声を潜め、教えてくれた。

「その捜査にいらしたんでしょう？」

「はい。このあと、また大学に戻ります。今、大学が聞き込みの手配をしてくださっている

ところなんです」

「大学の人たち、相当ピリピリしているのではなくて？　殺されたのはジュニアのお取り巻きの子なんでしょう？」

「ジュニア？」

誰だ？　と目を見開いた高梨に、老婦人のほうが意外そうな顔になる。

「黒岩大輔《くろいわだいすけ》って政治家がいるでしょう？　ついこの間まで大臣をやっていた。彼の息子さんのことよ。聞いてない？」

「そうなんですね」

なるほど、大学の過ぎるほどの干渉と、坂崎の口の重さはそのせいか、と、高梨はすぐさま納得した。

坂崎ばかりではない。被害者の両親が言い淀んでいたのもまた、黒岩の名だったのかと察するも、なぜそこまでという疑問も生まれる。

「おばさん、駄目だよ。それ、マスコミには絶対喋るなって言われてるんだから」

と、客の一人の女子大生が、慌てた様子でそう声をかけてきた。派手目の外見をしている彼女は、高梨が振り返ると、はっとしたように目を伏せる。

「あらそうなの？　でも刑事さんには言ってもいいんじゃない？」

「ええ、助かります。マスコミには勿論情報を流しませんし、大学にもこちらで聞いたことは絶対に言いません」

高梨は笑顔でそう、女子大生と老婦人に頷いてみせた。

「別に私はいいんだけど」

老婦人の言葉の直後に、

「私は困るー」

と女子大生が被《かぶ》せてそう言ったあと、高梨に向かい問い掛ける。

「警察の捜査はどうなってます？　本当に人見君、銃で撃たれたんですか？　歌舞伎町で？」

「結構情報、まわっとるんですね」

捜査中なのでと断るより、彼女から情報を引き出せそうだと判断し、高梨は笑顔のままそう続けた。

「ショッキングな事件でしたし、何よりほら、ジュニアの件の口止めもあって、逆に噂が広がったっていうか」

「なぜ大学はそこまで『ジュニア』のことを隠そうとするんですかね？」

「そりゃ、殺され方が普通じゃないから？　銃で撃たれたなんて、ヤクザにやられたみたいじゃないですか。ヤクザとかかわりがあったとか、思われたくないいんじゃないですかね」

首を傾げつつ喋る彼女に高梨は問いを重ねる。

「実際のところはどうなんやろ？　そないな噂があるから隠しとる、いうわけではないんかな？」

　フレンドリーさをアピールするため、敢えて丁寧語をやめてみる。

「そんな噂ないですよー。ジュニアは勿論、ヤクザとかかわりがある学生なんて、ウチにはいないと思いますよ」

　女子大生は、とんでもない、というような大仰な素振りで首を横に振る。

「せやね。品のいい大学や、いう話やもんね」

『お坊ちゃん大学』という表現はどうかと思い、言い方を変える。と、女子大生は苦笑しつつ、またも首を横に振った。

「品がいいっていうか、世間ではウチの大学、お金持ちが通うイメージあるみたいですけど、それ、下からの子限定です。私みたいに大学から入った人間は超庶民ですよ」

「あ、それ聞いたことあります。付属もカーストみたいなのがあるんですよね。高校からじゃ駄目とか」

　と、横から竹中が話に入ってくる。

「そうそう。まさにカーストです。大学からが一番下で、次が高校から。一番上は幼稚園からです。純粋培養って言われてます。それが超お金持ちの層で、純粋培養は純粋培養同士で固まってます」

「ジュニアは勿論純粋培養やね。被害者の人見さんもそうや、いうこと？」

「そう。あとは坂崎君。この三人組は学内でも有名です」

「いい意味で？　悪い意味で？」

竹中もまた高梨の意図を汲《く》んだようで、親しげに女子大生に語りかける。

「両方かなー。三人とも結構イケメンだし、お金持ちだし、親、偉いし」

「悪い意味は？」

「えー、絶対私が言ったって言わないでくださいよ」

彼女の友達と思しき同席していた他の二名の女子大生もまた、心配そうな顔になっている。

「言わへんよ。名前も聞いてないやろ？」

「確かに」

「顔も忘れてくださいよ」

その二名が安心したように話題に入ってくる。

「私は覚えててほしいな。刑事さんイケメンやもん」

「とってつけたような関西弁。東京出身のくせに」

「彼氏が関西人なのでうつっちゃったんだもん。関西弁、うつりますよね？」

情報提供者が増えたのは有難いが、話題がとっちらかってるな、と高梨は苦笑しつつ、話を戻した。

「ええと、悪い評判を聞きたいんやけど」

「女好き三人組なんです。私は高校から一緒なんだけど、当時からもう彼女をとっかえひっかえで」

ショートカットの彼女が、うんざりしたように肩を竦める。

「大学に入ってから拍車がかかったっていうか。まあひっかかる女の子も女の子なんですけど、とにかく派手な三人組でした」

「そうか、『三人組』はもう過去形なんだ。でもヤクザとかかわりとかはないよね、どう考えても」

もう一人は背が高く、眼鏡をかけた理知的な雰囲気のある女子で、首を傾げつつもそう言い、仲間に同意を促す。

「揉《も》み消すのに親の力は使うけど、ヤクザは使わないでしょ」

「揉み消すって？」

竹中がすかさず問い掛ける。と、眼鏡の彼女は、しまった、という顔になったが、すぐに諦めたのか、はたまた喋っていいと判断したのか、言葉を続けた。

「交通違反とかを、父親の力を使って揉み消してるって聞いたことがあるんです。ジュニア、車好きらしくて、いろんな車に乗ってて。スピード狂って噂です。高校のときには送り迎えの車がついてたけど、大学に入ったと同時に免許を取って」

「そうそう、免停になるところお目こぼしをしてもらったって私も聞いた。狡《ずる》いよね」

「それ言ったらほら、高校のときの……」

「あー、あれはどうなんだろ。さすがにデマじゃないかと思うんだけどなあ」

会話が三人の間でのみなされている。

「デマって?」

竹中が入っていくと、三人は顔を見合わせたあと、口を閉ざしてしまった。

「被害者の人見さんのことやったら聞きたいんやけど」

高梨がそう言うと、眼鏡の彼女が否定する。

「いや、ジュニアの噂です」

「なら無理には聞かへんわ。人見君についてはどうやろ?」

ジュニアの素行はどうやら褒められたものではないらしい。『お取り巻き』ということは人見の評判も同様ということだろうかと、高梨は問いを変えたのだった。

「人見君……どうだろう。ジュニアに比べたら普通の子だよね」

「講義も結構真面目に出てましたよ。高校のときの成績もよかったような」

「うん、ヤクザとは無縁だと思います。人違いとかじゃないんですかね」

「おおきに。助かりましたわ」

聞き出せるのはこのくらいだろうと、高梨は三人に礼を言ったあと、老婦人を振り返り、彼女にも礼を言った。

「ありがとうございました」

「いえいえ。私はそのジュニアも被害者のかたも存じ上げないんですけどね。ここでは結構噂を聞くので。いい噂もよくない噂も」

老婦人はそう言い、微笑み返してくる。

「にしても、銃で殺されるほど悪い噂は聞いたことがありませんけど」

「そうだよねー」

と、女子大生も彼女に同意する。

今聞いたことを鑑みるに、人違いという線はあるかもしれないと改めて思いながら高梨は、話が終わるのを待ってくれていたのか、タイミングよくモーニングの皿を目の前に置いてくれた老婦人に再度礼を言うと、竹中と二人今後の捜査に向け鋭気を養おうとそれを食し始めたのだった。

3

「ただいま」

「おかえり」

その日の高梨の帰宅は深夜近くとなった。田宮は起きて待っていてくれていたらしく、玄関で出迎えてくれ恒例の『おかえりのチュウ』を互いに交わす。

「風呂、沸いてるから。あ、何か食べるか？」

「ごろちゃん、寝とってくれてよかったんよ」

健気《けなげ》すぎる、と申し訳なく思っていた高梨に田宮が、笑顔で首を横に振る。

「普通に起きてたよ。事務仕事の取り進めについてあれこれ考えてて」

「ああ、今は内勤やったっけ」

高梨が問うと、田宮は一瞬、しまった、というような表情となった。が、すぐにそれを笑顔の下に押し隠すと、「うん」と頷く。

「長年勤めてた会社では、事務作業は全部事務職さんに頼ってたから。今更ながら感謝してる。あ、勿論、勤めていたときも感謝してたけど」

「はは。僕に言い訳せんかてええよ」

このところの田宮の様子は少しおかしい。何か自分に対して隠し事をしているような気がしないでもない。しかしそれは疚《やま》しい気持ちからというより、事情がありそうである。

田宮がそのことで苦悩しているのなら言葉を尽くして事情を明かさせ、解決策を共に考えてやりたいと願うも、それを彼は望んでいないようである。逆に聞き出そうとするほうが彼にとっては苦痛となりそうだとわかるだけに高梨はずっと気づかないふりを貫いていた。

話したいときがきたら話してくれればいい。自分に隠し事があるとわかったところで、高梨の田宮に対する絶対的な信頼は揺らぎはしないのだった。

「で、何か食べるか？　先に風呂？」

「この時間に食べると太るかな……ま、ええか。お茶漬けでも食べよかな」

「わかった。すぐ仕度する」

「そのあとは一緒に風呂な」

「それはパス」

「ごろちゃん、そこは『わかった』やないの？」

「言うわけないだろ」

いつものようなかけ合いが始まったことで、田宮が密《ひそ》かに安堵《あんど》しているのがわかる。気にならないとは言わないが、やはり無理に聞き出すことはすまいと改めて心に決めると高梨は、

敢えてふざけて、

「ごろちゃんのいけず」

と口を尖らせてみせたのだった。

お茶漬けでいいと言ったにもかかわらず、田宮はお茶漬け以外にも作り置きのお惣菜を小鉢に入れて出してくれた。

「おおきに。ごろちゃんはご飯、どないした？　昨夜は富岡君と食べた、言うてたな」

「今日は家で食べたよ。そうそう、昨夜行ったベトナム料理店、凄く美味しかった。時間できたら一緒に行こう。新宿だからここから近いし」

「ベトナム料理いうたら生春巻きやね」

「俺も同じこと言った」

「あとはなんやろ……パッタイ……はタイか。サテはインドネシアやったっけ。ヤムウンセンは……これもタイ？」

「フォーとか？　ああ、でも肉料理や蟹《かに》も美味しかった。とにかく行こう」

「せやな。行けばベトナム料理に何があるか一発でわかるわ」

食卓では明るい、そしてどうということのない会話が続いていた。田宮から高梨の仕事について問うことは滅多にない。捜査状況など、自分が聞いてはまずいだろうと認識してくれているようである。捜査が佳境に入り、泊まり込みとなるときには、差し入れを持って行っていいかと聞いてくることがあるくらいで、食卓で事件のことが話題に上ることはまずなかった。

「ごろちゃん、先に入ってええよ。後片付けはしとくから」

「後片付けは俺がするからいいよ。良平は寛《くつろ》いでいてくれれば」

食事のあとすぐに入浴はしたくないだろうということで、田宮が先に風呂に入ることとなった。先に田宮に入らせておいて、そのあとすぐ『一緒に入ろ』と乱入するのは、高梨がよくやる手なのだが、明日も早いしやめておくか、と珍しく自重する。

それにしても、と、やらなくていいと言われた皿を洗いながら高梨は、事件について考え始めた。

『ジュニア』こと政治家黒岩大輔の長男、黒岩裕一《ゆういち》の名を出すと、すぐさま大学の職員、川井が飛んできて情報源をしつこく追及された。それは明かさず、黒岩からも事情を聞きたいと申し入れたが、大学に来ていないので無理だと突っぱねられて終わった。

黒岩代議士からの要請なのか、それとも大学側の忖度《そんたく》なのか。捜査会議で少し話題にはなったが、現段階では事件とのかかわりは薄いということと、被害者人見の当日の行動から、家の近所で何者かの車に乗ったらしいということが近隣住民への聞き込みで判明したため、車とその人物の特定を最優先に、となったのだった。

高梨は明日、他に目撃者はいないか、人見の家の近所の聞き込みに向かう予定だった。人見の家の近所と現場近辺で同じ車の走行がないかをNシステムを用いて特定するという。

今のところ、人見が何者かの車に乗ったという目撃情報は一人からしか得られていない。情報の信憑性《しんぴょうせい》のためにも、他に目撃している人がいるといいのだが、と、皿を洗い終えたあと、冷蔵庫から取り出したビールを飲んでいた高梨は、いつしか一人の思考の世界に入り込んでいたらしい。

「ごめん、風呂、お先に。あ、良平、片付けてくれたのか？」

風呂から上がってきた田宮に声をかけられ、はっと我に返った高梨は、風呂上がりの田宮を見て、その色っぽさに相好を崩した。

「湯上がりごろちゃん、えらい色っぽいな」

「馬鹿じゃないか」

常々高梨は疑問に感じているのだが、なぜ田宮は自身の魅力にああも無自覚でいられるのだろう。

色白の頬が上気しているさまも、濡れた髪をタオルで拭うその仕草も、これでもかというほど色香に溢《あふ》れているというのに、まったく気づいていない。

からかわれているという思考はどこからくるのか。からかうはずなどないのに、と高梨はビールの缶をテーブルに置き立ち上がると、田宮に近づいて彼の肩にかかったタオルを取り、髪をごしごしと拭ってやった。

「なんだよ、早く風呂に入ってこいよ。ビールはそのあとだろ」

「一缶や二缶飲んだかて大丈夫やて」

「二缶も飲んだのか？」

心配そうな顔になる田宮がまた可愛らしい。

「うそ。一缶」

「嘘ってなんだよ」

「ごろちゃんに構ってほしくて」

「馬鹿じゃないか」

会話の合間に、田宮の唇を、チュ、チュ、と細かいキスで塞ぐ。ただでさえ湯上がりで紅潮していた頬がますます赤らみ、瞳が潤んでくるさまはこの上なく官能的で、高梨の喉がごくりと鳴る。

「僕もすぐ、シャワー浴びてくるわ」

自然と声が掠《かす》れてしまったのが照れくさく、つい笑ってしまう。それを見て田宮もまた、くす、と笑ったが、そんな可憐な姿にも更に劣情を煽《あお》られ、たまらない気持ちが募ってくる。

「ごろちゃん……」

呼びかけると田宮がすっと目を閉じる。可愛らしいキス待ちの顔。このまま押し倒してしまおうかと、田宮を抱き締めようとしたそのとき、高梨の携帯の着信音が室内に響き渡った。

「かんにん」

緊急の事態に対応できるようにという配慮から、高梨は警察関係者からの電話の着信音は他と変えていた。ダイニングテーブルに置いたままになっていた電話を取り上げ応対に出る。

「はい、高梨」

『警視、やられました。坂崎が殺害されました』

「なんやて⁉」

まったく想定していなかった展開に、高梨は珍しく大きな声を上げていた。傍で田宮が驚いたように目を見開いている。

『現場は新宿西口公園です。迎えにいきます』

「いや、ええわ。引っ越したんよ。これから向かうわ」

電話をくれたのは竹中で、まだ自分が豊洲にいると勘違いしているらしい彼にそう答えると高梨は電話を切り、田宮を振り返った。

「かんにん。これから出かけなならんようになったわ。おそらく泊まりになると思う」

「わかった。気をつけてな。着替えてから行くか?」

田宮の顔からは、今までの色っぽい表情は消え、かわりに心配と気遣いがこれでもかというほど表れている。

「このままでええわ。そしたらな」

「気をつけて」

玄関まで送ってくれる田宮を振り返り、『いってきます』のキスをすると高梨はドアから駆け出し、エレベーターへと向かった。

フロアに到着するまで時間がかかりそうだったので階段を駆け下り、タクシーを捕まえるために大通りを目指す。運良くすぐに通りかかった空車のタクシーに手を挙げ乗り込みながら高梨は、こうした夜間の移動を考えてもやはり車を買うべきかと考え、すぐ、今はそれどころではなかったと、日中に話を聞いたばかりの被害者、坂崎の様子を思い起こした。

何かを隠している様子ではあった。それが『ジュニア』こと黒岩代議士の息子についてだとあとからわかったため、改めて深追いはしなかったが、他に彼の様子でおかしな点はなかっただろうか。

少なくとも、身の危険を感じているようではなかった。友人の人見が殺されたことに関しても、心当たりは一切なさそうだった。その点はまったく隠していなかったように思う。

それだけに危機感も持っていなかったのだろう。高梨の印象でも、坂崎はトカレフで撃たれるといった、ヤクザ絡みの事件に巻き込まれそうには見えなかった。

果たして彼はどのようにして死んだのか。人見の死とのかかわりは。立て続けに二人、互いに関係の深い学生が殺されたのだ。偶然という確率は低いだろう。

自分は何か見逃したのではないか、それを案じずにはいられないと、暗くて何も見えない車窓に目をやりながら高梨は抑えた溜め息を漏らした。

新宿の西口公園にはものの十分で到着した。すでにブルーシートで囲われていた現場の周囲には野次馬が集まっている。

見張りの警官は高梨の顔を覚えており、手帳を見せるまでもなく中へと入れてくれた。

「高梨、こっちだ」

さっそく声をかけてきたのは新宿西署の納《おさめ》で、高梨とは同期にあたる、普段から親密にしている刑事だった。

「驚いたわ。昼間に聞き込んだばかりやったから」

「聞いたぜ。歌舞伎町のガイシャの友達なんだってな。コッチも銃殺、凶器はおそらく同じトカレフじゃないかということだった。弾道検査はこれからだが」

「トカレフか」

二人の死に関連があるとは予想したが、凶器まで同じとは、と高梨が唸《うな》る。

「最初の被害者についても、ヤクザとのかかわりはまったく摑めてない。この坂崎って被害者も見た感じ、ヤクザとは無縁っぽいよな」

「話を聞いた感じでもそうやった。友人の人見君の銃殺についても、まったく心当たりがないと言うとったわ」

高梨の言葉を聞き、今度は納が唸る。

「いいところの坊ちゃんが立て続けに銃殺される……一人目の被害者もヤクザとのかかわりがまるで見出せなかったため、通り魔の可能性も考え捜査することになったが、これで通り魔の線は消えたってことだよな」

「……大学生が、殺されるほどの恨みを誰かに買っとったいうんがどうも、腑《ふ》に落ちへんのやけど」

一人目もそうだった。二人目の学生もそうだ。しかし事実として、二人ともトカレフで撃たれ、殺されている。

恨みなのか。それとも他に何か殺される理由があったのか。たとえば親が金を要求されていて、脅迫に応じなければ息子を殺すといったようなことは、しかし、あれば家族から報告があったはずである。人見の両親に会ったときには、確かに何かを隠しているとは感じたが、今となってはそれは『ジュニア』絡みの口止めであったと推察できる。

「そうだよな。だから親絡みかと思ったんだが」

納もまた違和感を持っていたようで、首を傾げている。

「ともかく、まずは遺体を見てくれ」

答えの出ない思考は切り上げようと思ったらしく、納はそう言うと高梨を伴い、監察医と助手たちが囲んでいる遺体へと近づいていった。

「ああ、高梨さん、ちょうどよかった。今終わったところです」

馴染みの監察医が高梨に気づき、笑顔で声をかけてくる。どうぞ、と場所を空けられたため高梨は、

「おおきに」

と礼を言うと、遺体の近くに跪《ひざまず》き、間違いなく坂崎であることを確認すると、まずは両手を合わせた。

「胸に一発、腹に一発、致命傷は胸のほうだろうね」

監察医がそう言い、高梨の横に跪く。

「二発とも正面からだ。昨日の遺体と同じだね。犯人は銃を撃ち慣れているんじゃないかと思うよ。動く標的に対して狙ったところに弾が当たってるという感じがする」

「同一犯の可能性が高いというんですな？」

高梨が確認を取ると監察医は、

「断言はできないけどおそらく」

と頷いた。

「殺しのプロの手口といったことは？」

「どうだろうねえ。プロなら二発は撃たずに頭を吹っ飛ばすんじゃないかな。即死を狙って」

これも断言できないけれど、と監察医は言い足したあと、

「にしても」

と首を傾げた。

「二人とも大学生なんでしょ？　銃殺なんて意外だよね」

「ほんまに」

頷いた高梨に対し、監察医が遺体の顔を見下ろしながら呟《つぶや》くようにして告げる。

「本人も、まさか撃たれるなんて、と驚いているように見えるよ。前の被害者もそうだった」

「なぜ撃たれたか、本人にもわかってへん、いう感じですな」

高梨の目にも、坂崎の表情はそう見えた。驚愕に目を見開いた状態で絶命している。

昼間、彼から話を聞いたときには、まさか彼が夜に遺体となって発見されるとは想像すらしなかった。坂崎自身も殺されるとは思っていなかっただろう。

とはいえ、友人が殺されたのだ。危機感は普段よりは増しているのではないか。怪しげな呼び出しがあったとしても、応じないのではないか。少なくとも周囲に——親や友人、それに大学や警察への相談を考えそうなものだ。

「現場はこの公園なんですか？」

高梨が監察医と、隣に立つ納に問う。

「おそらくね」

「鑑識も現場はここだという判断だった。下足痕も本人のものと、加害者と思われるスニーカーの痕が取れているそうだ」

「スニーカーのサイズは？」

「二十八センチ。男だろうな」

「人見君殺害の現場からは、下足痕の報告は上がってなんだわな」

「ああ。床は綺麗《きれい》に拭かれていて、被害者の靴の痕も残ってない状態だった。今回は発見が早かったこともあって、犯人も現場の細工をする余裕がなかったんじゃないかと」

「なんで早かったんか？」

「すぐ近くにホームレスがいたんだ。銃声にびっくりして起き上がったことで、それを見て犯人は逃走したそうだ。ホームレスは近視でかつ鳥目でな、立ち去った人物についての証言は取れなかった。男か女かも断言できないと」

「残念やったな。他に目撃者はおらんのかな？」

近くに誰かいれば、逃げ出すところを見たのではと高梨は考えたのだが、

「今のところは」

と納は更に残念そうな顔となり、太い首を横に振った。

その後、高梨は納と共に、周辺の聞き込みにかかったが、その場にいた野次馬たちは警察の捜査が始まってから集まってきた人間ばかりだったため、たいして有意義な情報を得られないまま、捜査本部が立った新宿西署での捜査会議に二人は出席することとなった。

弾道検査の結果、人見と坂崎の凶器は同じトカレフとわかり、連続殺人としての捜査が始

まった。

高梨は会議の席上で、二人の学生は黒岩代議士の息子の友人であることを発表し、場はかなりざわつくこととなった。

「黒岩代議士か。面倒だな」

「しかしさすがに学友二人が殺されたとなれば、事情を聞かないわけにもいくまい」

先に黒岩代議士に話を通しておいたほうがいいのではという意見も出たが、まずは直接本人に話を聞きに行くことにしようということで、翌朝、午前八時に高梨と納は黒岩代議士宅を訪問することになった。

黒岩代議士の家は世田谷区のお屋敷街にあった。門の前で暫く待たされたあと、家の中に招き入れられたものの、通された応接室で二人を待っていたのは息子ではなく、代議士の秘書だった。

「佐伯《さえき》と申します。まずはご用件をお伺いできますか?」

第一秘書だという彼は、三十代半ばの美丈夫だった。長身で細身だが、身体を鍛えているのは体型からわかる。

理知的な顔は整っており、かっちりした髪型や髭《ひげ》のそり残しなど一切ない几《き》帳《ちょう》面《めん》な雰囲気は、銀行員のようにも見える。

もしや『ジュニア』本人には会わせず、秘書だけに対応させるつもりだろうか。そう案じながらも高梨は丁寧な口調と簡潔な説明を心がけつつ口を開いた。

「黒岩裕一さんの大学の友人二人が立て続けに殺害されました。二人と最も仲がよいのが裕一さんと伺いましたので、亡くなったご友人の二人について、色々と話を伺いたいのです。裕一さんご本人から」

人づてではなく、と強調した高梨の前で、佐伯は顔色一つ変えず、喋り出した。

「亡くなった人見さんと坂崎さんとはそれなりに親しくはしていたが、深い付き合いはなかったとのことです。なのでお話しできることは何もないと」

「ご本人からお話を伺えませんか?」

「ですからお話できることはないと、本人が言ってます」

「ご友人が亡くなったのにですか?　それも二人も」

高梨の口調は自然と責めるものになっていた。

「ショックを受けているんです。まだ二十歳《はたち》になったばかりの子供ですよ。ご配慮願います」

「殺されたのも二十歳になったばかりの学生です。彼らにも輝かしい未来が開けていたはずでした」

言わずにはいられなかった高梨だったが、対する佐伯秘書の表情は変わらなかった。

「とにかく、申し上げることはないそうです。何か具体的な質問がありましたら書面でいただけますか?　私から裕一さんにお伺いしますので」

「……わかりました。それでは」

埒《らち》が明かない。粘ったところで同じだろうと高梨は一旦引き下がることにした。

「裕一さんが、亡くなった二人と常に行動を共にしていたのであれば、次に狙われるのは裕一さんとなる可能性が高い。護衛の必要があるのではと思い伺いましたが、その必要はないということと認識しました。そうお伝えください。ああ、質問ではないので口頭になりますが、いいですね？」

「……かしこまりました」

佐伯が一瞬、狼狽《うろた》えた顔になる。が、すぐにポーカーフェイスを取り戻すと彼は丁寧に頭を下げ、立ち上がった。高梨と納も立ち上がる。

佐伯は二人に玄関まで付き添い、見送った。建物を出て覆面パトカーに乗り込むと納は、

「ガードが堅すぎるだろう」

と呆れた声を上げ、高梨を見やった。

「逆にかかわりを疑うレベルだよな」

「せやね」

高梨は頷いたあと、納に対しニッと笑いかけた。

「なんぞ心当たりがあったら、警察の護衛を求めてくるんとちゃうかな。そのとき色々話を聞けるんやないかと思うわ」

「なるほど、最後のは嫌みってわけじゃなかったんだな」

感心した声を上げる納に高梨は、

「嫌みのつもりもあったけどな」

と苦笑し、肩を竦めた。

「ガードは本人の希望によるものなのか、それとも父親の考えか、または秘書の忖度か……なんにせよ、一旦は黒岩ジュニアのことは忘れて、被害者二人とトカレフの持ち主の関連を調べるしかなさそうやね」

「そうだな。トカレフの持ち主はヤクザとは限らないからな。ネットで闇取引が行われているケースもある。それこそ同級生の中に購入した奴がいるかもしれない」

いくらお坊ちゃん大学といっても、と言う納に高梨は「せやね」と同意を示すと、捜査本部に連絡を入れるべくスマートフォンをポケットから取り出した。と、かける前に着信があり、電話に出る。

「はい、高梨」

『早速、黒岩代議士が出張ってきたぞ。息子に護衛をつけたいというのなら好きにするようにと』

かけてきたのは捜査一課長で、呆れた口調となっている。

「正式に依頼されるまで放置でええんちゃいますか」

『そうもいくまい』

困り果てている声を出す課長に高梨は、もし護衛の件が本格化した場合には是非自分にやらせてほしいと告げて電話を切ったのだが、本人も予想したとおり、夕方にはその『護衛』任務のために再び黒岩邸を訪れることになったのだった。

4

一方田宮は、泊まり込みとなった高梨の身を案じつつ、いつものように出勤し、報告書をまとめていた。

前日の帰宅前に経費の精算方法を教えてほしいとメモを残した結果、朝、出勤していた一ノ瀬から経費ファイルと彼が作成したと思しきマニュアルを渡された。

それによると、領収書やレシートの提出があったら、帳簿に記載した上でその金額を給与とともに本人の口座に振り込むというシステムで、一ノ瀬は勘定科目の振り分けに随分と手間取っているようだった。

田宮はもとの勤め先で、簿記三級取得が必須だったため、さほど戸惑うことはなかった。当時の業務にはほぼ役立たない資格に今、こうして助けられるとはと感謝しながら帳簿をつけ終え、口座への具体的な振り込み方法についてマニュアルにはなかったため、明日にでも確認しようと思いつつ、再び報告書の作成に戻る。

経費の精算をしてみて田宮は、雪下の労を惜しまぬ働きぶりに触れることとなった。毎日、早朝に出勤し、コーヒーを飲んですぐ事務所を出ていき、田宮が働いている時間には滅多に戻ることがない。彼から提出されるタクシーや店のレシートの時間は深夜近いものも多く、それこそ早朝から深夜まで働いているのだなと田宮は改めて彼の多忙さを実感した。

一方、青柳のほうはレシートの提出がほとんどない。交通費の精算も行っていないようである。朝、事務所に顔を出すときはいつも眠そうにしている上に、すぐにまた寝に戻ってしまうようだし、彼は普段何をしているのだろうと今更の疑問を田宮は抱いた。

青柳は経営者であり実務はしないと、そういうことか。この探偵事務所の特殊性を鑑みるに、彼が表に出ていくわけにはいかない、などといった事情があるのかもしれない。

単に怠けているだけという可能性もあるけれどもと、若干失礼なことを考えながら田宮は帳簿をつけ終え、一ノ瀬の計上が誤っている部分に『正しい科目はこちらでは？』と付箋《ふせん》を貼って指摘した。

報告書のファイリングについては、今迄《いままで》のものを見るに時系列順となっていただけだったので、一年ごとにインデックスを作るのはどうかと思いついた。

内容をカテゴライズできれば、たとえば暴力団絡みなら『B』、横領なら『O』などといった記号をつけるとか。ともあれ、そのためには報告書を作成しがてら、書かれた内容についてもチェックを重ねねば。

それ以前の問題として、この報告書は後々見返すことがあるのかという確認を取る必要があるなと、今更のことを思い出し田宮は一人苦笑した。

また先走りそうになっている。そもそも分類分けは必要なのかどうかを、まずは一ノ瀬に聞いてみよう。

報告書を作成する際には、分類分けされていれば参考になるので、自分用に作るというのはありかもと思いつく。勝手なことをするなと注意を受けない程度に始めてみるのもいいかもしれない。

そんなことを考えながら田宮は、雪下の読めないメモ書きに悪戦苦闘しつつも、なんとか提出されていたメモ書きから報告書を作っていった。

そろそろ定時となったが、キリのいいところまでやっていこうと田宮が仕事を続けたのは、高梨から今日も帰宅は無理だという連絡が入っていたからだった。

夕食を一人で食べるとなれば、帰宅を急ぐ必要はない。それでパソコンに向かい続け、預かっていたメモ分の報告書をおおかた仕上げることができたときには、午後七時近くになっていた。

さて、帰るか、と、パソコン内のデータを削除してからシャットダウンする。コーヒーメーカーを片付け、バックヤードで昼間から気になっていた水回りの掃除をしていた田宮だが、入口のドアが開く音がしたことで、誰か帰ってきたのかと察し、しまったなと首を竦めた。

青柳からは以前、定時で上がるようにと言われていた。定時は五時。二時間以上超過している。

注意されるかもしれないと予測し、ちょうど片付けも終わったところだったので手を洗ってデスクに戻り、荷物を持ってすぐ帰ることにしよう、と決めたそのとき、ドサッと何か重量のあるものが床に落ちた音がし、何事だと田宮はバックヤードを飛び出した。

「……っ」

執務スペースに戻った途端、田宮の目に飛び込んできたのは衝撃的な光景だった。皆のデスクが並ぶ、その後ろに男がうつ伏せ状態で倒れていたのである。

「う……」

呻《うめ》き声がし、男が身じろぐ。微かに横顔が見えたことで田宮は倒れているのが誰かを察し、その名を叫んでいた。

「雪下さん！　大丈夫ですか？」

慌てて駆け寄り、跪いて顔を覗《のぞ》き込む。田宮が最初雪下とわからなかったのは、彼が身につけていたのが見るからにくたびれ、所々泥で汚れたスーツだったためだった。ほころびも結構ある。今朝、雪下は出勤しなかったため、服装を見る機会がなかった。これは変装なのかと、田宮は雪下の身体を起こそうとしたのだが、彼の腹の下のカーペットに赤黒い血の染みが広がっていることに気づき、ぎょっとして雪下の身体を見た。

「け、怪我《けが》してるんですかっ」

雪下の手は彼の腹を押さえていて、手の甲は血液で汚れている。スーツが濃紺なので黒い染みとなっているがそれも血なのだろう。雪下は目を閉じており、顔色は酷《ひど》く悪い。刺されたのだろうか。いや、今は傷の原因などを考えている場合ではない、と田宮は焦って口を開いた。

「救急車を呼びます！　ちょっと待っててください！」

傷に障らないよう、できるかぎりそっと雪下の身体を床に下ろし、ポケットからスマートフォンを取り出そうとする。と、それまで一言も口をきかず、意識を失っているように見えていた雪下の手がさっと伸びてきたかと思うと田宮の手首を掴んだものだから、更なる驚きに見舞われた彼はその場で固まってしまった。

「……呼ぶな……」

絞り出したような掠れた声音が、雪下の唇から漏れる。

「え……？」

意味がわからず、戸惑いの声を上げた田宮は、腹這《はらば》いの状態からなんとか上体を起こそうとしている雪下の、双眸《そうぼう》の鋭さに息を飲んだ。

「……救急車は……呼ぶな……」

声を発する度に腹の傷が痛むのか、顔を歪《ゆが》めながら雪下がそう言い、田宮を睨む。

「し、しかし……っ」

傷口を見たわけではない。しかし雪下の様子から、手当てに一刻を争う状態ではないかということは田宮にもわかった。

「……青柳を……呼べ」

それだけ言うと雪下は再び床に突っ伏してしまった。握られた手から力が抜けていくのがわかる。

「雪下さん！」

大丈夫なわけがない。やはり救急車をと思うも、まず青柳に連絡を入れることにしたのは、雪下の様子から鬼気迫るものを感じたからだった。

青柳の番号は登録してある。彼に救急車を呼ぶ許可を得ようと、田宮は焦ったせいで指先が震え、思うように操作ができないことに苛立ちを覚えつつも、青柳の番号を呼び出しかけ始めた。

頼む、出てくれ。祈りは無事に天に届き、ワンコールで青柳が電話に出る。

『田宮君、どうしたの？』

「雪下さんが、大怪我をされていて、でも救急車を呼ぶなと。青柳さんを呼んでほしいと言うんですが」

『今、事務所？』

青柳と連絡がついたことへの安堵からか、言葉がうまくまとまらず、とっちらかってしまっている。説明不足に違いないのに青柳はすぐに状況を察してくれたようで、冷静に場所を聞いてきた。

「そ、そうです」

『すぐ行く。救急車は呼ばなくていいよ。悪いけど傷の様子を見て、止血できるようならしておいてくれる？』

それじゃ、と、青柳は田宮の返事を待たず電話を切ってしまった。そうだ、止血、と田宮もまたすぐ我に返ると、意識を失っている雪下に再び屈み込み、彼を仰向《あおむ》けに寝かせた。

腹からはまだ出血があるようである。もしや銃で撃たれたのではないかと気づいたのは、服に空いた焼け焦げたような穴を見たからだった。

止血するには傷口を押さえる必要がある。確かタオルがあった、と、田宮はバックヤードに駆け込み、洗濯が終わったものと思われるタオルを手に戻ると、雪下の腹をしっかりとそれで押さえた。

「……っ」

痛みを覚えたのか、雪下が呻く。

「すみません、止血のためです。青柳さんと連絡がとれました。来てくれるそうです」

田宮の言葉は雪下には届いていないようだった。彼の顔からどんどん血の気《け》が失われていくのを目の当たりにし、田宮の胸に不安が迫る。

本当に大丈夫なのか。このまま死んでしまったらどうしよう。やはり救急車を呼ぶべきだったのでは。今からでも呼んだほうがいいのではないか。最悪の事態が頭に浮かび、叫び出しそうになっていたとき、事務所のドアが勢いよく開いたかと思うと、待ち侘《わ》びていたその人が駆け込んできた。

「田宮君、待たせた。退《ど》いてくれるかい？」

青柳は珍しく息を切らせていた。が、穏やかな口調も笑顔もいつもの彼のものだった。

「あの……っ」

言われるがまま、立ち上がり青柳に位置を譲る。やはり救急車を呼ぶべきではと伝えようとしたのだが、傷口を見ると青柳は一言、

「上に運ぶのを手伝ってくれ」

と言ったかと思うと、雪下をその場で抱き上げた。

「う……っ」

雪下の口から苦痛の声が漏れる。

「早く」

咄嗟《とっさ》のことに動けずにいた田宮に、青柳の指示が飛んでくる。

「すみません……っ」

ドアを開けよということかと察し、田宮は急いで入口へと走ると、青柳のためにドアを開

き、彼に目で促されるがままに、階段を上がった。

「ポケットから鍵を取り出してくれるかい？」

青柳のコートから鍵を取り出し、解錠したのちドアを開く。そこは青柳の居住スペースらしかった。リビングダイニングを突っ切り、奥のドアを開くと広々としたベッドルームで、キングサイズのベッドが部屋の中央に置いてある。

「ありがとう。もう帰っていいよ」

そのベッドに雪下を下ろすと、青柳は田宮を振り返り、にっこりと笑った。

「いや、しかし……」

青柳のコートの前に血の染みができている。帰っていいと言われても、雪下の傷が気になり、田宮は頷くことができなかった。

「大丈夫。傷の手当ては僕がするから。こう見えて医師免許を持っているんだよ」

言いながら青柳が部屋の奥へと向かい、壁に造り付けになってるクロゼットを開く。中には棚があり、おかれていた黒いバッグを取り出すと青柳はそれを持って田宮の前に来た。

「ほら」

彼が開いたバッグの中には、医療用具と思われるものが一式入っていた。よく、テレビドラマで見る医師が診察にでかけるときに持っているもののようだ、と、田宮は思うと同時に、いかにも『らしい』だけに逆に不安が募り、本当に大丈夫なのかと青柳を見つめてしまった。

「信用がないなあ」

やれやれ、というように青柳が肩を竦める。と、ベッドから雪下の苦痛の呻きが聞こえてきたため、田宮は、はっとし、彼を見やった。青柳の視線も雪下へと移る。

「仕方ない。高太郎が戻るまで、助手を務めてもらうことにしようか。田宮君を安心させることにもなるし」

青柳は独り言のようにそう呟くと、改めて田宮を見やった。

「手、洗ってきて。リビングの反対側の扉が水回りだから」

「わ、わかりました」

助手とは。治療の助手のことだろうか。自分にできるのか。しかしできないと尻込みしている場合ではない、と、言われたとおりに田宮は部屋を飛び出し、リビングを突っ切って洗面所で手を洗うと、すぐに寝室に戻った。

「手袋して。鞄の中に入っているから」

青柳は既に手袋を身につけ、青いシートの上に仰向けに寝かせた雪下のシャツの前を開いていた。傷口は田宮にも見えたが、やはり銃で撃たれたものではないかとわかり、ぎょっとする。

「衛生面で不安もあるけど、そこは目を瞑《つむ》ってね」

青柳はどこまでもひょうひょうとしていた。田宮にそう笑いかけたあと、雪下を押さえているようにと指示を出す。

「局所麻酔を打つとき、暴れる可能性があるんだ。麻酔のほうが痛いんじゃないかと思うよ」

そう言い、麻酔を打ち始める。青柳の言うとおり、相当痛みを覚えるのか、意識はないながらも雪下は身悶《みもだ》えるようにして身体を動かそうとする。青柳が局所麻酔を打ち終えるまで田宮は必死でそれを押さえ込んでいた。

田宮の前で青柳はメスを取り出し、傷口を少し広げると、ピンセットでそこから銃弾を一つ取り出した。流れるような作業は時間にして一分もかかっていなかったのではないかと思う。その後、手早く傷口を縫い終えたときには、雪下は押さえ込まずとも身動きをしなくなっていた。

「さあ、済んだ。あとは僕がやっておくから、田宮君は帰っていいよ」

青柳は再びそう言うと、田宮に「お疲れ」と微笑んだ。

「……あの……」

確かに自分にできることはもうないのだろう。しかし、と田宮は白い顔で横たわる雪下を見やった。

青柳を信用しないわけではない。彼の手際の良さは外科医顔負けだった。麻酔がきいてきたのか、雪下の顔から苦悶《くもん》の表情は消えている。しかし彼が実際目を覚ますまで、不安は消えない。

「ん？」

青柳が、どうした？　というように田宮の顔を覗き込む。

「付き添っては駄目でしょうか。雪下さんが目を覚ますまで」

「え？」

田宮の申し出は青柳にとっては意外だったらしく、驚いたように目を見開くと、まじまじと顔を見つめてきた。

「どうして？」

理由もわからなかったらしく、問うてくる。実際、田宮も自分がなぜそんな希望を口にしたのか、理由ははっきりとはわかっていなかった。

「……心配なんです。目の前で倒れられたから……」

銃で撃たれたことも気になっている。どういう状況だったのだろう。撃ったのは誰なのか。彼は警察官の悪事を調べているのだから警察官である可能性は高い。

しかしもしそうであっても、雪下も、そして青柳も自分には知らせはしないだろうし、誰が撃ったのかということは、田宮にとってそう興味を引くものではなかった。

やはり――心配なのだ。重傷を負ったというのに、病院で治療を受けることができないでいる彼のことが。なぜ、病院は駄目なのか。怪我の理由が銃だからなのか。青柳の腕は確かだとは思うが、こんな設備の整っていないところでの治療で本当に大丈夫なのか、それも不安だった。

「まあ、そうだよね。気持ちはわかる」

迷いながらの答えだったが、青柳は無事、納得してくれたようだった。

「高太郎がなぜか帰ってこないから、そうだな。そしたら付き添っていてくれるかな？　高太郎が戻るまででいいよ。その間にこっちはいろいろとやることがあるので、逆に助かるかな」

微笑みながら青柳はそう言うと、ぐるりと室内を見渡した。

「ここにいてくれてもいいし、隣のリビングでもいい。部屋にあるものは全部、飲み食いしてくれて構わないよ。僕はこれから出かけるけど、誰が訪ねてきても出る必要はない。いいね？」

そうして田宮に心持ち早口でそう告げると、「それじゃあ」と微笑み、部屋を出ていった。

それまでの間に外科手術で使ったものをすべて不透明な袋の中にしまい、ベッドの下に片付けている手際の良さにも驚きつつ、田宮もまた手袋を外すと、ぐるりと室内を見渡した。

ベッドしかない部屋なので、隣の部屋から椅子を持ってこようとドアを出る。ついでに、と、冷蔵庫からミネラルウォーターのペットボトルを取り出して、椅子と一緒にベッドルームに運んだあと、せめて顔の汚れは拭いてやりたいと、今度はバスルームへと向かった。

タオルを濡らして持ってきて、そっと雪下の顔を拭う。彼は一瞬、眉を顰《ひそ》めたものの、苦痛を訴えるような素振りをしなかったため、ゆっくり、そしてできるだけ優しく、顔の汚れを拭っていった。

額を拭うと心地よさそうな顔になったのを見て、少し発熱しているのだろうかと気づく。冷やしたほうがいいかなと、タオルを綺麗に洗ってきて額に乗せると、雪下は静かな寝息を立て始め、田宮は安堵の息を吐いた。

彼の眠りを妨げないように、と、小さくドアを開き、隣の部屋の明かりを少し入れるだけにしていた室内で、田宮はベッドの傍らに置いた椅子に座り、雪下の顔をじっと見下ろしていた。

目を覚ましたときのために、彼用のミネラルウォーターのペットボトルも傍に置いてある。とはいえ雪下が目覚める気配はなかった。規則正しい呼吸音がそれを物語っている。

熱はあるのかな、とそっとタオルを退け、額に手を当ててみる。と、雪下が微かに呻いたため、しまった、と田宮はそっとタオルを戻し、椅子に座り直すと、あとは身動きすることなく、ただ雪下の様子を見つめるに徹した。

目覚めたときに最初に見るのが自分の顔だと、雪下は不快になるかもしれない。そんな考えがふと、田宮の頭に浮かぶ。

青柳からも『高太郎が戻るまで』と言われていたし、一ノ瀬が来たら交代したほうがいいだろうか。しかし彼もまた就職活動で忙しくしている身である。ゆっくり休ませてあげたい。

それはまた一ノ瀬が戻ってから考えるかと思うも、一ノ瀬は姿を現さなかった。

どれほど時間が経《た》ったことか。スマートフォンの明かりが安眠を妨げたら気の毒だと、見るのをやめていたので、正確な時間はわからない。随分と時間が経ち、そろそろ深夜となるのではと思われる頃、麻酔が切れたのか、雪下が微かに呻いた。

「……っ」

大丈夫ですか、と問いたいのを堪え、様子を見る。と、雪下の眉間に深く縦皺が刻まれたかと思うと、彼の唇が微かに開いた。

「……ひこ……」

「?」

掠れた声が雪下から漏れる。なんと言ったのか、と田宮は雪下の口元に耳を寄せた。

「……あき……ひこ……」

名前か？　正確に聞き取れた自信はない。と、上掛けが持ち上がり、雪下が手を伸ばしてきたものだから、田宮はどうしたらいいのか迷い、暫し彼の手を見守っていた。

「……あきひこ……」

苦しげな表情で雪下が呼びかけ、手を伸ばす。

「う……っ」

その動きが傷に響いたようで、雪下が苦痛の声を上げたのを聞き、田宮は咄嗟に雪下の手

をそれ以上伸ばさせまいと握り締めた。

「……秋彦……」

雪下の眉間の皺が解け、彼の口元が緩む。微笑んでいるように見える、と、戸惑っていた田宮は、己の手を握り返してきた雪下の指先に次第に力が籠《こ》もってくるのを感じていた。アキヒコ——誰の名前なのか。誰であるにしろ、その名の持ち主が雪下を微笑ませているに違いない。

田宮の手を握り締めたまま、すう、と雪下は寝入ってしまった。どうしよう、と、田宮は手を引くことを躊躇《ためら》い、そのまま固まってしまっていた。

今、雪下は安らかな表情で眠っている。手を引き抜いたら彼を起こしてしまうかもしれない。目覚めて、自分を見てがっかりする——それでは気の毒だとどうしても躊躇ってしまう。

もう少し眠りが深くなったら。この手を握る力が抜けてきたらそっと引き抜くことにしよう。それまでは、と田宮はそのままの姿勢を貫くことにし、雪下を見つめた。

顔色は相変わらず悪い。出血は多かったようだが、輸血の必要はないのだろうか。そして銃弾の傷。無事に快復するのだろうか。

そういえばここは青柳の寝室と思われる。青柳はどこで眠るつもりなのだろう。他に部屋があるのだろうか。そもそも彼は今、どこで何をしているのだか。

『その間にこっちはいろいろとやることがあるので』と言っていたが、やることというのはなんなのか。雪下が誰に撃たれたかを捜査しているのか。雪下が撃たれたことへの隠蔽工作という可能性もあるのか、と思いつき、愕然となる。救急車を呼ばなかったというのはそういうことではないのか。銃で撃たれたとわかれば警察沙汰になるのは間違いない。それを避けようとしただけだろうか。

青柳探偵事務所で働いてはいるが、一人蚊帳《かや》の外に置かれているのは日々、感じている。そもそもここで働くことになった経緯を思うと、それも仕方がないと納得せざるを得ない。

何も悟らせないのは、仕事が仕事だから。そして自分のパートナーが警察官だから。警察官の調査をする事務所。調査内容を知れば——そしてその対象が高梨の身近にいる人物だったとしたら、黙っていられるのかと、以前、青柳から問われたことがあった。

いられる、と断言することは容易い。しかしそれがたとえば顔見知りの高梨の部下、竹中だったり、高梨の親友の新宿西署の納だったら、と、具体的な人物で想像すると、自信は揺らいだ。

現実問題として、竹中や納が悪事に手を染めているとは思わない。しかし疑いを抱かれている等の情報を得たら、それを伝えたくなるに違いない。

誰より、高梨本人が調査の対象と言われたら、伝えないでいられるわけがない。それがわかっているからこそ、青柳も、そして皆も自分を蚊帳の外に置いているのである。

今、雪下は誰を捜査していたのだろう。そして誰に撃たれたのだろう。答えを知る日は来ないとわかっているが、気にせずにはいられない。

その理由は、と田宮は雪下の顔を見やった。

『……秋彦……』

愛しげに呼ばれたその名前。その人物は調査にかかわっているのか。それともまるで関係のない、彼の愛しい人の名前なのか。

雪下のプライベートなど、一つも知らない。家族はいるのか。恋人は。今、どこに住んでいるのかも知らないし、どうしてここで働くようになったのか経緯も知らない。

わかっているのは、自分を疎んでいることくらいだ。一日も早く辞めろと口でも態度でも告げられている。

そして高梨と確執があったこと。高梨側では関係の修復を願っていると思う。しかし雪下は頑《かたく》なに高梨を拒絶しているようである。

それでいて、豊洲での事件のときには危機を救ってくれた――と思われる。本心から高梨を嫌っていたり憎んでいたりしたら、救いの手を伸ばしてくれることなどあるだろうか。

何かしらのきっかけがあれば、二人の関係は昔に戻ることができるのではないか。そのきっかけになる『何かしら』を見つけたい。前途多難すぎて心が折れそうになりもしたが、やはり諦めたくはない。

自分が取り持とうなどといった出過ぎたことをするつもりはない。きっかけを探したいだけだ。高梨と雪下の間に割って入る気などさらさらない。もし『きっかけ』を見つけることができたとしても、それを高梨に伝えるときにはさりげなく、そう、自分の意図には気づかれぬように心がけて伝えるつもりだった。

そんな日が来るといい。改めて願っていた田宮の耳に、先程聞いたばかりの、雪下の声が蘇る。

『……秋彦……』

誰の名なのか。自分が知る日は来ないような気がする。高梨に聞けば解明するかもしれない。が、聞けるはずもない、と漏れそうになる溜め息を堪える。

今、雪下は安らかな寝息を立てている。彼の口元には笑みの名残があるように見える。幸せな夢を見ているのかもしれない。そうあってほしいと願いながら田宮は、結局朝になるまで雪下に手を預けたまま、彼の寝顔を見守り続けた。

5

二人目の犠牲者となった坂崎を連れ去った車の特定のために、高梨は納と共に警視庁内にあるNシステムの解析部署を訪れていた。

Nシステムとは道路上に設置されたカメラで走行する車のナンバープレートを読み取るシステムで、同時に車本体や運転席、助手席に座る人間の撮影もしている。犯罪にかかわったと思われる車の追跡や、過去の走行データの検索も行えるもので、システムにアクセスできるのは担当部署の人間だけであり、管理室に入るのにも事前届け出と身分証の提示が求められる。

今回の大学生二人が銃殺された事件は、当然ながら連続殺人として捜査されることになり、二名が何者かによって車で連れ去られたことが目撃証言からわかった。

事件当日の二人の周辺に、同じ車が走行していないか。Nシステムでそれを特定できないかという案を高梨が出したため、彼と納がこうして管理室を訪れることとなったのだった。

対応してくれたのは野上《のがみ》という名の若い男だった。階級は巡査長であるが、システムに習熟しており応用をきかせた操作が得意ということで、適任とみなされたとのことだった。

眼鏡をかけた痩せ型の男で、俯きがちであるのは内向的な性格ゆえかと、自然と観察をしていた高梨に対し、開口一番彼が告げた言葉が、

「正直、難しいですね……」

というもので、高梨と納は顔を見合わさずにはいられなかった。

「難しいっちゅうのはどういうことでしょう」

「そもそもNシステムはナンバーが特定できている車の追跡を行うものです。二人の被害者を連れ去った車の車種やナンバーがわかっていれば即、追跡もできますが、ナンバーもわからず、連れ去られた場所も時間も特定できないとなると、捜しようがないといいますか」

「二人の被害者の周囲で同じ車が走行していたかどうかは調べられませんか？」

野上の言うことはもっともだと思うも、高梨は粘らずにはいられなかった。

「または、それぞれの現場近辺に同じ車が走っていたかを調べられませんか。二件目の新宿西口公園のほうは、犯行時刻がほぼ特定できていますんで」

「わかりました。それぞれの現場周辺のNシステムのデータを照合してみます。少々お時間いただけますか」

淡々と、という表現がぴったりくる口調で野上はそう言うと、会釈をし、白席の端末へと戻っていった。『お時間をいただく』というのは、ここで待てるくらいなのか、それとも出直すようにということなのか。その辺の説明も省かれてしまった、と、高梨と納はまたも顔

を見合わせ首を傾げた。

と、それが視界に入りでもしたのか、野上がディスプレイから顔を上げ、やはり淡々とした口調で二人に声をかける。

「データが揃《そろ》いましたら捜査本部にお届けしますので。三十分もあればできるかと」

「わかりました。よろしくお願いします」

高梨と納は彼に頭を下げたが、そのときには野上の視線は画面に戻っていた。

「殺人事件の捜査なんだが……」

部屋の外に出た直後、納が、やれやれ、というように溜め息を漏らす。

「まるで交通違反を捜すようなテンションじゃなかったか？」

「喋り方の問題ちゃうかな。ちゃんとやってくれると思うで」

納にはそう言いはしたものの、高梨自身、今の野上の態度は『やる気がない』としか思えなかった。

虫の居所でも悪かったのか。若しくは激務が続いているところだったのか。どちらにせよ、結果を提出してくれれば問題はない。そう思いつつ高梨は納と共に捜査本部に戻ったのだが、そこには難しい顔をした捜査一課長が二人を待ち受けていた。

「黒岩裕一君の警護について上からプッシュが来た。高梨、行ってもらえるか？」

「わかりました。早速向かいます」

やはり相当、危機感を抱いているらしい。何か心当たりがあるのか。警護をすれば本人と話す機会もできよう。それで高梨は希望していたのだが、警護の内容を聞いて期待が裏切られたことを知った。

「本人の周囲には、警備会社の人間が三名、貼り付いているということだ。警察には家の周囲を担当してほしいとのことだった。常時五名の派遣を要請されている」

「家に入れてもらえない、いうことですか。なんとも……」

しかも五名もの人数。愕然としたあとには怒りを覚えるより呆れてしまっていた高梨だったが、

「四名は制服警官がいいそうだ」

と課長が続けたのを聞いては、一言言わずにはいられなくなった。

「警護が必要となる理由をまず、本人の口から聞きたいと申し入れてはもらえませんか」

「勿論、申し入れている。ふざけた話だからな。しかし本人との対話は拒否されている。ショックが大きくとても話せるような状態ではない、の一点張りだ。二十歳そこそこの学生だと言われては無理強いもできなくてな」

課長も顔を顰《しか》めているが、要請に従わざるを得ないようである。

「行く意味がないということなら勿論、他の者をやらせる。どうする？」

「……行きます。何かしらのチャンスがあるかもしれませんし」

確率的には低いが、ゼロではない。事件解決には黒岩裕一の証言を得ることが早道となると高梨の刑事の勘が告げていた。

「悪いな。警官は近くの交番から三名と、あと一名は竹中に変装させようと思っている。どうだ?」

「ええですな」

そこまで用心しているということは、連続殺人の次の被害者となることへの危機感を抱いている証《あかし》である。心当たりがなければ、親しい友人二人が立て続けに殺されたとしても、そのような危機感を抱くことはなかろう。

家に籠もりきりとなった裕一に対し、犯人はどう動くのか。乗り込んでくるということもあると、裕一は考えているのか。それとも警察への警護依頼は親の判断なのだろうか。

裕一との面談は拒絶されているが、親についてはどうだろう。黒岩代議士、もしくは母親から話を聞くことができないか。秘書の佐伯はどこまで知っているのか。彼となら確実に話ができそうだが、誰より口も堅そうである。

しかし、と高梨は改めて、大学生二人が拳銃で殺されるような何をしたのだろうかと、事件そのものについて考えた。どちらもいわゆる『良家の子女』であり、犯罪とは無縁の環境にいた。たとえば身代金目当ての誘拐ならまだ話はわかる。が、連れ去られた結果二人とも銃殺されているとなると、やはり恨みとしか思えない。

「そしたら俺はNシステムの結果を待つことにするわ。出たらすぐに知らせるから」

近くにいた納がそう言い、高梨の背を叩く。

「ああ、頼むわ。とはいえどのくらいの台数があるんやろうな」

一台もいないのか、それとも意外に多いのか。同じ新宿であるのでかなりの数あるのではと、高梨は推測していた。

一台ずつ持ち主を確かめるところまではNシステムで対応できるが、その中から容疑者となり得る人物を特定するのにどのくらいの時間と労力がかかるのか。犯罪歴を調べること、暴力団関係者をピックアップすること——ああ、それから、と高梨は思いつき、納を見た。

「せや。盗難車として届け出が出とる車がないかも、追加でチェックしてほしいと伝えてもらえへんかな」

「なるほど。わかった。ちょっと行ってくる！」

フットワーク軽く、納が部屋を飛び出していく。

「確かに、盗難車の線はありだな」

感心したように頷く課長に高梨もまた頷き返すと、

「そしたら早速、黒岩邸に行ってきます」

と告げ、共に向かうことになる竹中と打ち合わせをするために彼の姿を探したのだった。

「久し振りに警官の制服着ましたよ」

覆面パトカーの運転をしながら、竹中が感慨深げな声を出す。

「警察が見張っているいうアピールのためやろな。僕も着ればよかったわ」

高梨がそう言うと竹中は、

「コスプレっぽくなるんとちゃいますか？」

とわざとらしい関西弁で揶揄《からか》って寄越した。

「どういう意味なん？」

「貫禄《かんろく》があるってことですよ。できる人オーラが半端ないというか」

「よう言うわ。老けとるっちゅうことやろ」

「違いますって」

ここまでふざけたところで高梨は表情を引き締めると、竹中と事件について話し始めた。

「やはり、黒岩裕一には次の被害者になる自覚があるんやろうな」

「その割りに、一番自分に近いところには警察ではなく民間の警備会社の人間を配置しているんですよね。それはどう見ます？　命が奪われるとまでは思っていないとかですかね？」

竹中の問いに高梨は「いや」と首を傾げる。

「警察から事情を聞かれたくないからやないかと思う。民間やったら金を払えば指示どおり動くが、警察はそうはいかへんからな。まずはなぜ、警護が必要となるのか説明せなならんようになるのを避けたんちゃうか」

「そこまでして隠したいことってなんでしょうねえ？」

竹中が首を傾げる。

「せや」

高梨の頭にふと、大学近くの喫茶店で女子大生から話を聞いたときのことが蘇った。確かあのとき彼女たちは、高校時代の黒岩に何か秘密があるようなことを言っていなかったか。

被害者、人見のことではなかったので深く追及しなかったが、もしや今回の事件にかかわることだったのではないか。

「どうしました？」

「竹中、喫茶店での話、覚えてるか？　女子大生が言うとったやろ。高校時代に黒岩裕一が悪さをしたいうような話を」

「ああ、そういえば」

竹中はすぐに思い出したようだったが、残念そうに言葉を続けた。

「彼女たちの名前、聞きませんでしたね」

「他の同級生から話が聞けるかもしれん。何せ二人も殺されとるんやし」

もしも彼女たちが言い淀んだ内容に殺された二人がかかわっているとしたら、さすがに明かす人間も出てくるのではないかと、高梨はそう踏んでいた。

「他の大学に進学した人間やったら、黒岩代議士からの圧力も及んでないちゃうかな」

「なるほど。あ、確か山田《やまだ》の従兄弟《いとこ》がT大附属高だと聞きました。高校まで純粋培養という話も彼から聞いたんですけど、そこから黒岩裕一たちの同級生を辿《たど》っていくのはどうでしょう」

「ええな。従兄弟に迷惑のかからん範囲で」

「確か大学は外に出たと言ってましたし、大丈夫だと思いますよ」

竹中はそう言うと、「すみません」と路肩に車を停め、同僚の山田に電話をかけ始めた。

「なんだ、さすがだな。それじゃ、結果を教えてくれよ」

通話はすぐに終わり、笑顔で高梨に報告する。

「既に従兄弟には、被害者や黒岩裕一の在学中のことを知る人間へのツテを依頼済みだそうですよ」

「さすがやな」

山田の行動の速さに感心した高梨に、竹中が報告を続ける。

「高校のOBOGの裏掲示板というのがあるそうで、そこに被害者二人について書き込まれている可能性があるのではということで今、チェック中だと言ってました。最近はどの高校でもそういう掲示板、あるみたいですね」

「ますます、さすがやな」

そうした場所での書き込みに関する信憑性はさておいても、何かしらの情報を得ることはできるかもしれない。過剰なほどの黒岩代議士の介入には理由があるはずだ。しかし、と、ここでまた高梨はそもそもの疑問に戻ってしまうのだった。

車を再び走らせ始めた竹中が、黙り込む高梨を気にして問い掛けてくる。

「何か気になることでも？」

「いや、二人目の被害者になった坂崎君のことを考えてたんよ。彼は自分が次の被害者になるとは思ってないようやったよな？　もし思っとったら、まずは己の身の安全を考えるやろうし」

「確かに。危機感を持っているようには見えませんでしたね」

本当に短い時間とはなったが、聞き込みをした際、彼の頭は黒岩裕一の名を出さないことでいっぱいだった。亡くなった友人、人見の死は彼の頭の中でさほどの地位を占めていないとしか思えなかった。

友人が亡くなった、しかも銃殺された。もし自分に何かしら後ろ暗いところがあるとすれば、警察に救いを求めるものではないか。しかしそれを彼はしなかった。ということは彼には被害者になる自覚がなかったと思われる。

一方、黒岩裕一には心当たりがある――と思われる。警察や警備会社に警護を依頼したのはそのためだろう。

やはり裕一本人から話を聞く必要がある。本人が話したがらないのか、それとも父親が己の立場と体面を気にしてのことなのか、まずはそこから探っていこうと密かに拳を握り締めた。

黒岩邸に到着すると、既に制服の警官が三名、表門と裏門前に待機していた。到着の旨を伝えるため高梨は裏門のインターホンで中への取り次ぎを頼んだのだが、少し待たされたあと、佐伯が裏門から出てきて、屋敷内の警護は警備会社に頼んでいるので、警察には外の警護をお願いすると慇懃《いんぎん》に告げたのを聞き、徹底しているなと肩を竦めそうになった。

「警備会社の人と連携を取りたいのですが」

どういう態勢になっているのか確認はしておきたい。家の中に入るきっかけにもなればと高梨はそう申し入れたのだが、佐伯は首を縦に振らなかった。

「連携の必要はありません。家の周りを警察が確実に警護してくれれば、邸内にまで危険は及ばないはずではないですか?」

「勿論、警護はします。ですが、どのような危険が迫っているのかがわからない状態では、『確実』な警護は難しいのです。集団で爆撃されるような場合、我々五名では塞ぎきれないでしょう」

「テロのようなことは起こらないと想定しています。とにかく、不審人物が侵入しないようにお願いします」

失礼します、と佐伯は言いたいことだけ言うと中に戻ってしまった。

「取り付く島もない感じやな」

やれやれ、と溜め息を漏らした高梨の近くで、制服姿の竹中が憤った声を上げる。

「警察をなんだと思ってるんだか。警視、ここはもう、俺等だけでいいですよ。この分だと裕一とのコンタクトなんて取れそうにないですし」

「……まあ、様子を見る意味でも暫くはいるわ」

確かに竹中の言うとおり、外で待機しているだけではこの場に留《とど》まる意味はない。とはいえ、こうも厳重な警護を要するとなると、襲撃自体はあるやもしれない。それを見極めるためにも当面はここにいようと、高梨は心を決めた。

そのまま三時間が経ったが、特段、異常は見られなかった。家の外に出る人間も一人もいない。宅配便と郵便局の配達員がインターホンを鳴らしたが、佐伯からの指示で警官が受け取り、裏口で待機する彼に届いた荷物や手紙を渡すという方法がとられた。

三時間で休憩というローテーションを組んでいたため、交代要員が来たあと、高梨と竹中は担当していた裏口を離れ、覆面パトカーに戻った。と、ちょうどいいタイミングで高梨のスマートフォンが着信に震える。かけてきたのが納とわかり、Nシステムの結果が出たのかという期待を胸に、高梨は電話に出た。

「サメちゃん、結果、出たんか？」

『ああ。重なっていた車は十台、今、持ち主に聞き込みに行っている。あと、盗難車が二台出た』

「二台……」

もしや、と高梨の頭に閃《ひらめ》くものがあった。

「盗難車の行方《ゆくえ》はわかっとるんか？」

『捜索中だそうだ。ああ、そうか。それぞれの事件に別の盗難車を使ったという可能性があるのか』

高梨の問いから、納もその考えに到達したらしく、なるほど、と感心した様子となっている。

「運転手の写真もシステムに残っとるんやなかったか。至急、二台の盗難車の車内の写真を入手し、僕にも送ってもらえるか？」

『わかった。すぐ依頼する。高梨はずっとソッチで張ってるのか？』

「ガードが堅すぎるさかい、おる意味もない気もするんやけど、もうちょっと粘ってみるわ」

『そうか……』

高梨の答えに相槌《あいづち》を打つ納の声が沈んでいる。

「どないしたん？」

何か気になることでも、と案じ問い掛けると、納は、『実は』と溜め息交じりに話し始めた。

『所轄内でやっかいな事件が起こってな、こっちの事件に人員をあまり割けないと言われてるんだよ』

「サメちゃんもそっちにいかなならんのか？」

『いや、俺はこっちのままだ』

「やっかいいうんはどういった事件なんか？」

上層部が絡むようなものか。黒岩代議士のように圧力をかけてくるとか？　という高梨の予測は外れた。

『暴力団同士の抗争だ。新栄会《しんえいかい》の幹部が一晩のうちに立て続けに三人、銃で殺されている。抗争中の組織の仕業と思われるんだが、証拠が挙がってなくてな』

「立て続けに三人。そらやっかいやな」

『ああ。事情聴取のために組長の行方を捜しているんだが、身の危険を感じてか雲隠れをしてしまって行方が摑めないのがまたやっかいでな……ともあれ、盗難車のほうはすぐにデータを出してもらう。結果がわかったら連絡するよ』

「頼むわ」

通話を終えると高梨は内容を竹中にも共有した。

「暴力団の抗争とか、このタイミングで勘弁してほしいですよね」

「コッチの都合を知るわけないやろ」

アホか、と高梨は苦笑したものの、殺された三人も『銃殺』だったということにはひっかかりを覚えた。

使われた拳銃はトカレフだったのだろうか。気になったので納にメールで問い合わせたあと、そうだ、とマル暴にいる同期にも詳細を教えてほしいとメールを打った。

「関連、ありますかね」

様子を見ていた竹中が首を傾げる。

「まあ、ないやろなあ」

二人の大学生と暴力団とのかかわりは今のところ見出せていない。いわゆる『いいところのお坊ちゃん』とヤクザとの間に接点がもしあれば、即座に解明されそうなものである。

一人目の被害者、人見の遺体が発見されたのは歌舞伎町だったが、坂崎曰く、二人は歌舞伎町どころか、新宿にすら滅多に足を踏み入れないということだった。その坂崎の遺体も新宿西口公園で発見されている。これはどういうことなのか。

納のいる新宿西署の管轄内での事件となると、暴力団幹部の殺害場所も新宿ということか。組織自体が新宿にあるという可能性もある。暴力団員がトカレフで撃たれたとしても違和感はないが、場所と日が近いのはやはり気になった。

納からはすぐに返信が来た。襲撃に使われたのはトカレフだが、大学生たちを撃った銃ではないという。ほぼ即答といっていいスピード回答だったところを見ると、納も可能性を考えたのだなと察し、高梨は思わず苦笑した。

「さて、ぼちぼち戻るか」

「そうですね」

頷いた竹中が憂鬱そうな顔になる。

「とはいえ、警官があんなに立っているところに飛び込んでくるとは思えませんけど」

「なんとか本人とコンタクトを取るチャンスが来るとええんやけどな」

高梨もまた溜め息を漏らしたくなるのをぐっと堪える。黒岩裕一の友人たちを殺した犯人が逮捕されるまでの間、裕一は家から一歩も出ないつもりなのかもしれないが、現状として見込みは立っていない。そのうちに痺《しび》れを切らして出てくるのではとは思うが、それを待つというのは事件の捜査を担当している自分が望むことではない。

二人の大学生はなぜ、殺されたのか。殺した相手は暴力団関係者なのか。裕一は誰を恐れているのか。具体的な人間、または団体の心当たりがあるのか。

果たして黒岩代議士は、息子がなぜ口を閉ざしているのか、その理由を知っているのか。犯罪絡みであれば火消しに走るだろうが、そうした傾向はあるのか、捜査一課長に聞いてみるかと高梨は思いつくと、竹中を先に戻らせ、車の中から電話をかけようとした。

と、そのタイミングで先程暴力団同士の抗争について、詳細を問い合わせた同期からメールの返信が届く。

高梨が今、黒岩代議士邸の見張りに立っていることを捜査一課で聞いたとのことで、近くに用事があるから、待ち合わせないかというものだった。メールだとまだるっこしい、口頭なら十分もかからないからというそのメールに高梨は承諾の意と共に、覆面パトカーで来ているので迎えに行く、車中で話そうと返信した。

竹中に一旦離脱する旨を伝え、待ち合わせ場所に向かって車を走らせる。菊池《きくち》という名の同期は道場でよく顔を合わせる仲で、暴力団員に引けを取らない強面《こわもて》の男である。外見に似合わぬ甘い物好きであることを知っているので、待ち合わせの時間まで少し間があったために高梨はチェーン店のカフェでクリーム増し増しの飲み物を購入し、待ち合わせた駅前へと向かった。

「おう、高梨、悪いな」

待ち合わせ時間より少し早く、菊池はやってきた。高梨が停めていた車にすぐ気づき、駆け寄ってくる。

「いや、こっちこそ。忙しいときに申し訳ないわ」

「近くに用事があるって言っただろ。気にするな」

笑う菊池に飲み物を差し出すと途端に相好を崩し、子供のような笑顔だと高梨はつい、笑ってしまった。

「新栄会と北陵組《ほくりょうぐみ》の抗争の話だったよな。新栄会の幹部が昨日、三人殺されているが撃ったのは抗争相手の北陵組に間違いない。おそらく中に内通者がいるんだろう」

「内通者が手引きをした、ということか？」

高梨の問いに菊池が「ああ」と頷く。

「幹部の三人のうち二人が愛人宅で待ち伏せをされて殺されている。愛人の存在は警察も把握していなかった。用心深い連中でな。組内でも知っている人間は限られていたそうだ」

「なるほど。待ち伏せできたいうことは、幹部のスケジュールや愛人の居場所といった情報を漏らした人間がおるいうわけやな」

「そうだ。その内通者がどうも特定できないようでな、組長が身の危険を覚えて行方をくらましちまった」

「なんと。北陵組の動向は？」

血眼になって捜しているのではと予測しつつ問い掛けた高梨の前で、菊池が首を傾げる。

「それがまったく動きがないんだよ。不思議なことにな」

「幹部を殺したんは彼らやなかったということはないか？」

「それはない。実行犯の特定も間もなくできるからな。俺らも、北陵組は間違いなく新栄会の組長の命を狙うと踏んでいるんだが、捜している様子がないのが気になっているんだよ」

「内通者からの連絡待ちいうことやろか。組長に近しいところにまだ内通者が……おったら気づくわな、さすがに」

「幹部が三人殺されてるしな。未だに気づかず身近に置いているようなことは、まずないとは思うんだが」

高梨と菊池はここで顔を見合わせ、首を傾げ合った。

「ともあれ、我々としては北陵組を監視しつつ、新栄会の組長の行方を捜しているところだ。高梨がこの件を気にしてるのは、今、捜査中の大学生連続殺人の凶器がトカレフだったからなんだよな？」

菊池に問われ高梨は「せや」と頷く。

「北陵組についても新栄会についてもそれなりに情報は持っちゃあいるが、大学生の、それもボンボンとのかかわりはちょっと思いつかないな。大学生たちはクスリをやってたってわけでもないんだろう？」

「遺体から反応は出とらんようや。歌舞伎町にも滅多に行かへんとは言うとったわ」

「金持ちの家の子供なら、たとえ何かしらでかかわりができたとしても、殺すんじゃなく親から金を引き出すほうを選ぶだろう。コッチの抗争とは無関係だと思うぞ」

菊池の言葉はもっともだと、高梨も納得せざるを得なかった。

「おおきに。ほんま、忙しいところ悪かったわ」

「だから気にするなって。また道場でな」

高梨は菊池に、目的地まで送ると申し出たのだが、菊池は固辞し車を降りてしまった。それで高梨は再び黒岩邸へと戻ろうとしたのだが、その前に、と、上司に電話を入れ、黒岩代議士の動向について問うてみた。

それに対する課長の答えは、息子の警護を要請してきたこと以外は、息子の友人二人を殺した犯人について一日も早い逮捕をと言われたくらいとのことだった。

代議士もまた、息子から何も聞き出せていないということなのか。一体何を隠しているんだと、高梨は想像力を働かせようとしたのだが、やはりこれというものは思いつかず、あとは本人に聞くしかないかとの諦観を胸に、その本人とのコンタクトのチャンスを狙うべく黒岩邸へと戻ったのだった。

6

結局田宮《たみや》はその日、青柳《あおやぎ》の自宅兼事務所に泊まり込むことになった。青柳は部屋には戻って来ず、雪下《ゆきした》は意識を失ったまま青柳のベッドで横たわっている。手術をした青柳は大丈夫だと言っていたが、やはり心配で目が覚めるまでは付き添おうと田宮は思い、それで雪下を前に夜を明かしたのだった。

明け方まで一睡もできなかったのだが、日が昇る頃にうとうととしかけていた彼は、雪下の呻《うめ》き声ではっと目覚めた。

「……水、飲みますか？」

うっすらと目を開いた彼に、おずおずと問い掛ける。いつの間に外れたのか、雪下の手は田宮の手の中にはなかった。

雪下は最初、自分の置かれている状況がわからなかったようで呆然《ぼうぜん》としていたが、すぐに、はっとした表情となると起き上がろうとした。

「だ、大丈夫ですか」

しかし傷が痛むために身体《からだ》を起こすことはできなかったようで、再び背をシーツの上に戻してしまう。

『大丈夫』なわけがないと、自分の問いを反省しつつ田宮は再び、

「水を飲みますか？」

と雪下に問い掛けた。

「……なんでお前が……」

しかし雪下から得られたのは回答ではなく質問で、その目はいつも以上にきつく田宮を見据えている。睨《にら》まれているといっていいほどだが、なぜ、そうも厳しい目を向けてくるのかがわからず、田宮は戸惑いながらも、昨日からの状況を説明し始めた。

「昨日、事務所に雪下さんが怪我《けが》をした状態で戻ってきたんです。救急車は呼ばずに青柳さんを呼んでほしいということだったのでそのとおりにしたら、青柳さんが治療をしてくれたんですが、もしかして覚えていないですか？」

「覚えている。俺が聞いたのはなぜお前がこの場にいるか、だ。もう朝だろう？」

痛みを堪《こら》えているのがありありとわかる声で、雪下が問いを繰り返す。

「心配だったので目が覚めるまでは見守ろうかなと。具合が悪くなったら大変ですし」

「余計なお世話だ。帰れ」

田宮が言い終わらないうちに、雪下がそう吐き捨てる。しかし語調を強めたせいか痛みが増したようで、うっと呻いたのを見て田宮は思わずまた、

「大丈夫ですか」

と告げながら、雪下の顔を見ようと身を乗り出した。

「いいから帰れ」

雪下が煩《うるさ》そうに田宮とは逆側に顔を向け、再びそう吐き捨てる。が、その声は弱々しく、とても大丈夫とは思えないと田宮は尚《なお》も顔を覗《のぞ》き込もうとした。と、そのとき、ノックもなくドアが開き、場にそぐわないほどの明るい声が室内に響き渡った。

「おはよう、なんだ、田宮君、まだいたの?」

「青柳さん」

入ってきた部屋の主は、いつもの朝のようなアンニュイさではなく、テンションが高そうに見えた。もしや寝ていないのかもしれないと思いつつ田宮は彼のために場所をあけ、雪下の具合を説明しようとした。

「雪下さん、目覚めました。酷《ひど》くつらそうにしています」

「うるさい」

遮ってきた雪下の声は相変わらず弱々しい。

「麻酔が切れたんだろう。痛み止めを打つよ。熱はありそう? なければまあ大丈夫。あったら合併症の恐れがあるけど」

言いながら青柳はベッドへと歩み寄ると、近くにおいてあった黒いバッグから注射器のケースを取り出す。

「田宮君、悪いんだけどバッグの中にパックに入った消毒綿があるから。それで雪下君の腕を拭ってくれる？」

「わかりました」

言われたとおりに田宮はバッグの中にある消毒綿をパックから取り出すと、青柳が上掛けから出し袖を捲《まく》っていた雪下の腕の肘の内側を消毒した。

「熱は大丈夫みたいだね。はいはい、チクッとしますよ」

ふざけた様子で青柳が言いながら、雪下に注射をする。雪下は微《かす》かに呻きはしたが、言葉を発することなく、青柳になされるがままになっていた。

「さて、もう大丈夫だと思うから。田宮君も帰っていいよ。着替えたいでしょう？」

「あ、はい。そうですね」

しかし今から戻ると出勤時間に間に合うだろうかと案じたのがわかったのか、何を言うより前に青柳が言葉を続ける。

「今日は有休でいいよ。あれ？　そういや有休はどういうルールにしたんだっけ。まあ、どうでもいいか。ともかく、今日は休んでね」

「いえ、大丈夫です。着替えたら来ます」

田宮としては雪下のことが気になってもいたのでそう言ったのだが、どうやら来るほうが

迷惑だったらしく、青柳からはっきりと、

「休むように。これは命令だからね」

と言われてしまった。

「わかりました」

「お疲れ。おうちの方も心配してるんじゃない？　大丈夫？」

青柳の口調は軽かったが、眼差《まなざ》しは厳しく感じる。自分が高梨《たかなし》に何か喋《しゃべ》ったのではと疑われているのだろうか。するわけがないと軽い憤りを覚えながら田宮は、

「大丈夫です」

とだけ答えると、青柳に「失礼します」と頭を下げ、雪下にも声をかけようかと彼を見やった。が、目を閉じている彼が自分からの声がけなど望んでいないとわかっていたため、そのまま部屋を出る。

自分の鞄《かばん》を取りに行くため事務所に向かうと、酷く眠そうな顔をした一ノ瀬《いちのせ》が田宮を迎えてくれた。

「おはようございます。なんか昨日、大変だったそうですね」

「うん。驚いたよ。あ、今日、有休を取れと言われたので休むことになったんだ」

『大変だった』内容については、特に聞かれなかったので説明はせず、一ノ瀬にとって必要と思われる情報を伝える。

「そうなんですね。だから今日はいるように言われたのか」

一ノ瀬はそう納得してみせると、田宮に笑顔を向けてきた。

「お疲れ様です。また明日」

「就職活動は大丈夫？」

「明日もありますから大丈夫です。田宮さんにも言われたとおり、せめて業種を絞ろうかと思うので、一日事務所で考えます」

そう告げる一ノ瀬の顔が曇っている。不本意ということだろうかと案じた田宮だったが、

「全然、内定取れないんですよね」

と彼が続けたことで、原因はそっちか、と納得したと同時に、眠れないほど悩んだのかと、今度はそっちが心配になる。

「あまり焦らないほうがいいよ。まだ時間はあるんだし」

それで慰めると一ノ瀬は明るく「ありがとうございます！」と礼を言い、田宮を笑顔で送り出してくれた。

通常の出勤時とは逆方向の電車は比較的空《す》いていた。それでも座れはしなかったので、吊《つり》革《かわ》に摑《つか》まり車窓の風景を眺めながら田宮は、いつしか雪下のことを考えていた。

彼の業務は警察官の調査である。ということは彼を拳銃で撃ったのは警察官なのだろうか。

発砲事件があったかどうか、帰宅したら調べてみようか。と、そこまで考え、好奇心で詮索

するべきではないかと即座に反省する。

そのような行動を起こせば、もう事務所に来なくていいと言われることは目に見えていたし、それ以前に、彼らの領域には踏み込んではならないという暗黙裡のルールを破るわけにはいかないという気持ちもあった。

にしても。

『あきひこ……』

あれは誰の名だったのだろう。事務所の誰かに聞けばわかるだろうか。たとえば青柳、そして一ノ瀬。一ノ瀬に腹芸は無理そうであるので、聞き出すことは可能だろうが、それがわかっていて問うのは卑怯《ひきょう》な気がする。しかもこちらも好奇心でしかない。

やはり己一人の胸に留《とど》めておくべきだ。縁起でもないが、たとえば彼が危篤にでもなったら、その名の人物について青柳にでも問えばいい。ひとまずは忘れよう、と考えたあたりで降車駅に到着し、田宮は電車を降り、乗り換えのホームへと向かった。

昼前には帰宅でき、シャワーを浴びたあとに、空腹を覚えていた田宮は軽い食事を取りつつ、テレビと新聞、それにスマートフォンでニュースをチェックした。有名大学の大学生二人が銃で殺されたというニュースを見つけ、大学生が銃殺とは、どういう状況だったのかと詳細を読もうとしたが、撃たれたという事実しか書かれていなかった。

拳銃など、簡単に入手できるものとは思えない。アメリカのような銃社会ならともかく、と首を傾げつつ次のニュースに移る。まさかその事件を高梨が捜査中であることなど、田宮にわかろうはずもなかった。

ほぼ寝ていなかったため、昼近くなるとさすがに眠気を催してきて、ベッドで少し寝ることにした。

部屋を暗くし、目を閉じる。自然と息を吸い込んでしまったのは、ベッドの中、高梨の匂いを感じたためだった。

もう二日ほど会っていない。難事件ということだろう。差し入れを持って行っていいと言われたら久し振りに稲荷《いなり》寿司を差し入れようか。夕方までに買い物をすませて、と考えるうちに眠気が押し寄せてくる。

『ごろちゃん』

田宮の耳に高梨の柔らかな声音が蘇《よみがえ》る。

「良平《りょうへい》……」

呼びかける己の声が頭の中で響く。と、閉じた瞼《まぶた》の裏に高梨の笑顔が浮かんだ。

『ごろちゃん……愛してんで』

ベッドの中でいつも囁《ささや》いてくれるセクシーな彼の声。田宮の身体の芯にじんわりと熱が籠《こ》もる。

寝ぼけているせいで理性が少しばかり働いていないこともあり、田宮の手は自然と己の下肢へと伸びていった。

下着の中に手を入れ、雄を握る。

『ごろちゃん……』

幻の高梨の声に誘われ、手を動かす。いつしか田宮の夢の中で自分の手と高梨の手が重なっていった。

「ん……っ……ふ……っ」

息が上がり、身体が火照る。高梨がするように己の雄を握り、先端のくびれた部分を親指と人差し指の腹で擦《こす》り上げ、竿《さお》を残りの指で扱《しご》き上げる。あっという間に勃起した雄の先から滲《にじ》み出る先走りの液が指を濡らし、にちゃにちゃという淫猥《いんわい》な音が響いてきて、ますます田宮の欲情を煽《あお》り立てる。

「あ……っ……りょうへい……っ」

堪《たま》らず名を呼んだ田宮の声が寝室に響く。切羽詰まったその声の高さが、田宮の眠気を吹き飛ばした。

「……っ」

はっと目覚めたと同時に、自分の状態に気づき、田宮はいたたまれない思いに陥った。布団の中で高梨を想像しながら自慰をする。しかもこんな日の高い時間に。頬に血が上ったが、限界まで張り詰めている状態のままで過ごすことができず、抵抗を感じながらも田宮は雄を

握り直すと、一気に扱き上げた。

「んん……っ」

敢えて思考力を手放し、絶頂を迎える。白濁した液を放ったあと、なんともいえない自己嫌悪に陥った田宮は身体を起こすと、下着を替えるために浴室へと向かった。

何をしているんだか。着替えをすませ、再び寝室に戻るも、すっかり眠気は覚めてしまったので起きて買い物に行くことにする。欲求不満なのだろうか。いや、雪下の怪我や青柳がそれを手術する様などを目の当たりにし、感情が高ぶっていたからだと、しなくてもいい言い訳を頭の中でこねくり回す自分にほとほと嫌気が差しつつも、差し入れにもその必要がなくなったときには夕食のメニューにも使えるような材料を揃《そろ》えにいこうと、財布とエコバッグを手に田宮はマンションを出て、近くのスーパーを目指した。

夕食の買い物には少々早い時間だったので、スーパー内は空いていた。野菜売り場で商品をかごに入れていた田宮は、ポケットの中のスマートフォンが着信に震えていることに気づき、誰からだろうと取り出した。

てっきり高梨かと思ったのだが、かけてきたのは青柳で、意外に感じながら電話に出る。

『田宮君、今日は休んでほしいと言っておいて申し訳ないんだが、これから事務所に来られるかな？』

「え？　あ、はい。大丈夫です」

青柳の声音はいつもと同じ、ひょうひょうとしていたが、少し緊張感が漂っているようにも思える。何かあったのかと案ずるも、田宮の返事を聞いた彼に、

『悪いね。できるだけ早く来てくれるとありがたいよ』

と言われ、すぐに向かうと答えて電話を切った。

商品を棚に戻し、慌ててスーパーを出て自宅に戻る。出かける仕度をし、高梨にメモを残そうとしたが、普段であれば職場に行っているかと思い直し、そのまま出ることにした。

急いで引き返した田宮を事務所で迎えたのは一ノ瀬だった。

「すみません、留守番、頼みます。あと、雪下さんが戻ってきたら、所長か僕に連絡してもらえますか？」

「雪下さん？　だって彼は……」

青柳の私室で寝ているのでは、と言いかけ、田宮は状況を理解した。

「まさか出かけたんですか？　あの身体で？」

「すみません、とにかくお願いします！」

一ノ瀬はかなり焦っていたらしく、田宮が確認を取ろうとしたのには答えず、そのまま事務所を飛び出していってしまった。

唖然《あぜん》としつつも田宮は自分の席につくとパソコンを立ち上げた。留守番と言われたので仕事はいつもと同じではあるが、落ち着かない。雪下は一体どこに行ったのか。起き上がるの

さえつらそうだったのだ。いくら痛み止めを打ったとしても、動き回れるような状態だったとは思えない。

撃たれたことと関係があるのか。再び撃たれる恐れはないのだろうか。あるからこそ、青柳と一ノ瀬は行方《ゆくえ》を捜しているのでは。

自分だけが蚊帳《かや》の外に置かれるのはいつもどおりではある。しかし雪下の身に危険が迫っているかもしれないこんなときであっても、何も知らされないのはもう、やりきれないとしか言いようがなかった。

自分にできることは留守番以外ないのか。そもそも留守番は必要なんだろうか。雪下が自らの意思で行方を晦《くら》ませているのであれば、事務所に戻ってくることはないだろうし、連絡も入れて来ないのでは。そもそも、連絡は青柳の、もしくは一ノ瀬の携帯に直接かけ、事務所の電話などにはかけてこないのではないか。自分が働き始めてから、事務所の電話が鳴ったことは一度もないと気づいた田宮の口からは溜《た》め息が漏れてしまっていた。

自分も捜す手伝いをしたいと手を挙げたい。が、それではどこを捜すかとなると少しも思いつかない。どこを捜せと指示をしてくれれば、と思うも、そんな手がかかる助けはどう考えてもいらないだろう、と落ち込む。

昨日のように傷を負った場合には、ここに戻ってくる——のか。彼が戻れる場所はここ以外にない。だから昨夜も戻ってきた。それを待てと、そういうことか。

一体雪下は何を追っているのか。疑問はそこに戻ってくる。銃で撃たれ大怪我を負った状態でもまだ追い続けている。なぜ、青柳らの手を借りないのだろう。捜査というのは一人でしなければならないというルールがあるわけではあるまい。首を傾げた田宮の脳裏にふと、青柳と雪下、二人の会話が蘇った。

『あまり余所見《よそみ》をしないようにね』

『なんの話だ？』

『脱線もほどほどにということさ』

『脱線などしていない』

あれは——もしや、雪下が行っていた捜査に関しての注意だったのではないか。本来の捜査から外れた行動をしていたので被弾した。どういう方向に外れたのか。撃ったのは警察官ではなかったのか。あれこれ推測するも材料がなさすぎてこれという答えは見つからない。

わかるのは雪下が危険ということだけだ。撃たれたということは身の危険に晒《さら》されているということだし、朝は起き上がることもできないほどに弱っていた。一刻も早く見つかるといいのだが、と気づけば田宮はまた、溜め息を漏らしてしまっていた。

結局、自分にできるのは命じられた留守番しかない。雪下はマメに経費の精算を回してこず、捜査が完了した段階でまとめてすべて提出してくるタイプのようで、今、彼が何を捜査していたかを探る手立てもなかった。

それを探ったところで何もできないことに変わりはないのだがと思いつつも、何かヒントはないものかと田宮は前回、雪下が提出してきた捜査に関する経費やメモをまとめたレポートを探し、読み始めた。

自分でまとめたものではあるが、内容を熟読するのはなんとなく憚《はばか》られ、事務的にメモの内容を羅列していったため、あまり頭に残っていなかった。しかし今、読み返しても、警察官が暴力団と癒着していたという事実のみしか浮かんでこない。それを突き止めるための行動を経費から探ろうとしても、具体的にどのようにしたのかはまるでわからなかった。

推理力がないということか。自分に落胆した田宮だったが、だからこそ青柳は働かせようと思ったのかもしれないと思いつく。刑事顔負けの鋭さを持ち合わせているような人間であったら、誰を捜査したのか等、メモを見ただけで判断がつく。自分くらい鈍い人間であれば差し障りはあるまいと考えたのだろう。人手が足りないのは事実だったようだし、と田宮は、この機会に雇われた理由を知ることになるとは、と一人肩を竦《すく》めた。

待機といわれはしたが、ぼうっと待っているだけというのもなんなので、田宮は雪下への心配を気力で退《ど》け、普段の仕事にかかることにした。

改めて雪下のレポートを見たときに感じたが、やはり時系列でのファイルが最も適していそうである。加えてタグのようなものをつける。たとえば金銭横領とか、暴力団とか。あとは交通違反の揉《も》み消しというのもあった。今手元にあるレポート作成と経費の精算が終わったら、すべてのファイルを読み返してみて、どういう違反があるかを把握することから始めよう。よし、と田宮は頷《うなず》くと、一層仕事に集中し始めたのだが、時間を忘れて取り組んでいる間も頭の片隅には常に雪下のことがあり、外で物音がすると、はっとして画面から顔を上げ、ドアのほうを見やってしまっていた。

雪下の無事がわかったのは、その日の午後八時過ぎ、青柳が雪下と共に事務所に戻ってきたときだった。

「田宮君、悪いね。遅くなってしまった。残業代、つけてくれていいからね」

笑顔でそう話しかけてくる青柳の横で、雪下は無言で佇《たたず》んでいた。が、顔色は紙のように白く、どう見ても具合が悪そうだった。

「いえ、あの……」

大丈夫なのかと問いたいが、雪下は勿論《もちろん》、青柳も田宮の介入をその表情や声音で拒絶していた。

「今日はお疲れ。なんなら明日、代休をとってくれていい。勿論勤務してくれてもいいけどね」

要は、今日は帰れと言うことだ。雪下の状態を確かめることもできないまま、田宮は「わかりました」と返事をすると、机の上を手早く片付け、パソコンの電源を落とした。

「お先に失礼します」

頭を下げ事務所を出ようとした田宮の耳に、聞き取りづらいほどに掠《かす》れた雪下の声が響く。

「……高梨はどうしている？」

「え？」

高梨の名が出たのは聞き違いか、と田宮は驚き、雪下を振り返った。

「なんでもないよ。お疲れ」

しかし答えたのは雪下ではなく青柳で、にっこりと笑うと、さあ、と目で出ていくよう促してくる。気にはなったが、雪下は俯《うつむ》いたまま口を開く気配がなかったので、田宮は再び挨拶をし、事務所を出た。

雪下は確かに、高梨の名を告げた。『どうしている』というのはどういう意味なのか。

一人帰路につきながら、田宮は雪下の問いの意図を考え続けた。

なぜ、高梨の動向が気になるのか。最初に思いついたのは、雪下の捜査対象が高梨か、もしくは高梨の近くにいる刑事ではないかということだった。

雪下が普通の状態であったら、それを自分に悟らせるようなことは口にすまい。しかし負傷し意識が朦朧《もうろう》としていたから、うっかり問うてしまった——とか？

しかしもしそうなら青柳がもっと積極的に口止めをしたのではないかと思う。高梨と雪下の関係は決していいとはいえないのに、高梨の身を案じるというのもあり得ないようにも思える。

そういった意味では、挨拶的な意味合いで『どうしてる』と聞くこともあり得ない。高梨が今、捜査中の事件について聞いてきたというのはどうか。

それはありかもしれない。自分の閃《ひらめ》きに田宮は大きく頷いていた。

今、高梨がどんな事件を追っているのか、知る由もない。しかし、泊まり込みが続くような難事件であるのはわかっている。

差し入れを持っていって、それとなく探ってみようか。そう思いつくもすぐに田宮は、そんなスパイのようなことは雪下や青柳は求めていないし、何より高梨を裏切っているようではないかと、今度は首を横に振った。

自分の立ち位置がすっかり行方不明だ。高梨の『家族』として彼を支えたいという思いから、差し入れを作って持っていくというのならまだしも、捜査状況を探るために差し入れを利用するなどということを思いついたこと自体に驚いてしまう。

やはり青柳の事務所に勤め続けることは、考えたほうがいいのかもしれない。

雪下には再三『辞めろ』と言われてきており、そのことに反発を覚えはしたが、実際高梨がかかわってくる可能性が出てきた今、雪下の言うことには一理あると認めざるを得ない、と田宮は堪らず溜め息を漏らした。

高梨が捜査対象になることなどあり得ないとは思う。彼が不正に手を染めるはずがないからだが、高梨の上司や部下、そして友人に関してはわからない。もしそうした人物が捜査対象となったとわかった場合、自分は高梨にそれを黙っていられるだろうか。

きっと無理だ。そして高梨が何を捜査しているのか、探るのも無理だ。たとえ知り得たとしても青柳らに伝えることは高梨への裏切りとなる。高梨の信頼だけは裏切りたくないし、彼を裏切ることもしたくない。

となると、自分にできることは何もなくなる。普段どおりに働くだけだ。高梨への差し入れはどうしよう。下心があると思われたくないから控えるか。そもそもそんなことを考えること自体が高梨に対して申し訳なくないか。

なんだか混乱してきてしまった、と田宮は軽く頭を振り、整理をつけようとした。が、そんなことで混乱は収まるはずもなく、帰宅までの時間彼は、これからの己の行動について、あれこれと悩み続けた。

帰宅したとき、時計の針は二十一時を回っていたが、高梨の姿は見えなかった。どうやら日中、着替えを取りに戻ってきたらしいとわかったのは、ダイニングのテーブルに書き置きが残っていたからだった。

『暫《しばら》く泊まり込みになる。かんにんな』

走り書きの文字に慌ただしさが表れている。今日、もしも休んだままでいたら高梨と会えたのだと思うと、顔を合わせたかったと惜しむ反面、どうして仕事を休んだのかという理由をひねり出すことをせずにすんだのかと安堵《あんど》もし、何につけままならないなと溜め息を漏らした。

着替えは自分で持っていったことがわかるので、差し入れを持っていくとしたら高梨や部下の皆が好きだと言ってくれる稲荷寿司だけとなる。材料は買ったし、作ろうかと思うも、それだけ持っていくというのはどうかという迷いも芽生えてきて、次に高梨から連絡があったら、差し入れを持っていってもいいかと聞いてみよう、と許可を得てから行動することに決めた。

自分だけのために夕食を作るのも面倒だったので、冷凍しておいたカレーを食べる。

「あ」

一食分、ルーと冷凍した白飯が減っているような、と気づき、もしや高梨が食べていったのかもしれないと、食洗機を開けてみた。

やはりカレー用の大皿があるのを見て、自然と微笑《ほほえ》んでしまう。高梨の料理の腕は田宮より上で、手の込んだタンシチューなども何も見ずに作ることができるし、それがまた格別に美味である。

なので高梨が料理を褒めてくれても、世辞としか思えないのだが、高梨にそう言うと、

「お世辞のわけないやろ。ごろちゃんの味が好きなんや」

と全力で褒めてくれるも、田宮にとってはそれが高梨の気遣いとしか思えず、素直に賞賛を受け取れない。

カレーも高梨が作ったほうが断然美味《おい》しいのだが、高梨はいつも『ごろちゃんのカレー、ほんま、大好きや』と、田宮がカレーを出すたびに喜んでくれる。作ったといっても市販のルーを二種類混ぜたものであり、一から作ったわけではないこともあって、なかなか素直に褒め言葉を聞けずにいたのだが、こうして高梨が解凍して食べてくれたところをみると、本当に気に入ってくれているということだろう。

それが嬉《うれ》しい、と田宮は幸せな気持ちを胸に空腹を満たすと、高梨の無事を祈りつつその日は眠りについたのだった。

7

その頃高梨は、黒岩《くろいわ》代議士邸での警護に立っていた。

事件現場近くを走行していた盗難車は二台とも発見されていた。それぞれ千葉と奥多摩と、場所はわかれていたが、走行ルートや発見場所近くにNシステムのカメラの設置がないことは共通していた。

カメラの設置場所については、警察は当然ながら公表していない。が、インターネット上には情報が溢《あふ》れているため、何の手がかりにもならなかった。

車の中は鑑識がくまなく調べたが、綺麗《きれい》に清掃されており毛髪を含むいかなる物証も検出されなかった。勿論、指紋も発見されていない。この徹底ぶりもまた、二台に共通していることから、捜査本部はこの二台の車がそれぞれの犯行に使われた可能性が高いと見なし、捜査を続けているという納《おさめ》からの報告が高梨のもとには届いていた。

「警視、黒岩裕一《ゆういち》の高校時代の悪事、これじゃないかというネタが匿名掲示板に上がっていたそうです」

竹中《たけなか》が同僚の山田《やまだ》に依頼し、T大学附属高校OBの彼の従兄弟《いとこ》に問い合わせていた内容が高梨のもとに届いたのも同じタイミングだった。警護は他の警官に任せ、高梨と竹中は覆面パトカーの中で山田の従兄弟から送られてきた掲示板の内容を読み始めた。

匿名での投稿であるので、信憑性《しんぴょうせい》がどれほどあるかはわからない。しかし、と高梨と竹中は顔を見合わせた。

「随分エグいですね。どこまで本当かわかりませんが」

「一件ずつ、当たっていく必要があるな」

裕一の取り巻き、人見《ひとみ》と坂崎《さかざき》が殺された事件で、掲示板が沸いていたこともある。そこに山田の従兄弟が過去の話を振ったため、事実ではなく殺害の動機になりそうなアイデアを投稿している人間もいそうだった。

共通しているのは、女性絡みということだった。中には同級生に陰湿な苛《いじ》めを行ったという記載もあったが、即座に捏造《ねつぞう》ではという突っ込みが複数入っているので、信憑性は疑われた。逆に女性絡みの話には一つも『捏造』という言葉が入らない。

人見と付き合っていた女性が裕一に奪われた上ですぐ捨てられたといったもの。坂崎にも同じ内容のものがあった。学園祭のときに、人見と坂崎に女子高生を見繕わさせ、カラオケボックスに連れ込み三人がかりで乱暴したというもの。美人と評判の新入生につきまとい、悪戯《いたずら》をしかけたというもの——どれも読んでいて胸が悪くなる、と顔を顰《しか》めた高梨に、竹中が話しかけてくる。

「中絶させた話が三件。すべて親の金と権力で揉み消しているとありますね。自殺未遂した子もいると……本当だったら殺害の動機にはなり得ると思いますが……」

「被害者も今更過去を掘り起こされるのはつらいやろうしな」

高梨が唸《うな》ったのに、竹中も頷く。

「忘れたいでしょうしね」

「しかも高校卒業からは時間も経《た》っている……高校時代がこうだと、大学に入ってからも似たようなもんだったかもしれんな。動機を持っているのは最近の被害者という可能性も高いんちゃうか」

「そうですね！　すぐ大学で聞き込みをかけましょう。さすがに二人亡くなってますし、本人は家に籠もってますし、学生たちの口も軽くなるんじゃないかと」

「せやな」

竹中はすぐに捜査本部に戻ることになり、『本物の』制服警官が代わりに派遣された。高梨はもう少し粘ってみることにした。インターネットで自分の過去の悪い評判が晒され始めたことを本人に気づかせた上で反応を見ようと思ったのである。

高梨はすぐに秘書の佐伯《さえき》を呼び出してもらい、彼に通された裏口に一番近いところにある部屋で向かい合うと、インターネット上で裕一と被害者二人が恨みを買いそうな出来事についての書き込みを見たと告げ、事実確認を本人に取りたいと申し入れた。

「事実無根に決まっています」

佐伯はその場で即答したが、高梨は本人に確認を取りたいと彼に対して突っぱねた。

「必要ありません」

「それなら我々警察は引き上げさせていただきます。人に恨みを買う覚えがないというのであれば、警察の警護など必要ないでしょうから」

「あなたたちは警護を命じられているはずです。帰ることなどできるはずがありません」

「警察も人が余っているわけではありませんから。必要のない警護に人員を割くことはできません。まっとうな上司であれば私の主張を聞き入れてくれるでしょう」

それでは失礼します、と高梨は踵《きびす》を返し、部屋から出ようとした。

「あなたが帰ったところでまた新しく人をお願いするだけです」

佐伯の声が背中で響く。

「その間が手薄になりますね」

だが高梨が足を止め、肩越しに振り返ってそう告げると、佐伯は、うっと言葉に詰まったような顔になった。

「しかし恨みを買う覚えがないのでしたらご心配には及ばないでしょう」

「……今、聞いて参ります。少々お待ちください」

高梨が本気で引き上げるつもりだと伝わったらしく、佐伯は顔を歪《ゆが》めつつもそう言い、高梨を部屋に残して出ていった。『聞いて』来る相手はおそらく、本人ではなく父親の黒岩代議士だろうと高梨は推察していた。警察の警護が外れた間に、襲撃を受けた場合、責任を取らざるを得なくなる。それを回避したかったのだろう。

待つこと五分。その間に警察に圧力がかかる可能性も考えたが、戻ってきた佐伯が告げた言葉は、

「裕一さんがあなたと会うことを承諾されました」

というものだった。

「但し、私も同席させていただきます」

「別にかまいませんよ」

ようやく、本人との対面がかなう。どれだけ手間をかけさせるんだと内心憤りながらもそれを顔には出さず、高梨はにっこりと微笑んだ。

その後、高梨が連れていかれたのは豪奢《ごうしゃ》という言葉がぴったりの応接室だった。下手側のソファに座らせられたが、茶の類《たぐい》は一切出ず、そのまま更に五分、待たされる。

五分後、ノックと共にドアが開き、まずは佐伯が部屋に入ってきた。彼のあとに若い男が続いて部屋に足を踏み入れたが、その顔は不満を抱いていることがありありとわかるほど不機嫌なものだった。

「裕一さん、こちら、警察の警備の責任者の高梨警視です」

警視であると名乗ってはいなかったが、どうやら調べたらしい。しかし裕一の興味は惹《ひ》いていないようで、むっとしたまま、じろりと高梨を睨むだけで口を開こうとしなかった。

「高梨です。早速ですが、人見さんと坂崎さん、そしてあなたに対して恨みを持つ人間について、心当たりを教えてください」

「いない」

高梨から目を逸《そ》らし、裕一が吐き捨てる。身長は百八十センチ以上あるし、容姿は決して悪くない。整っているといっていい部類ではあるが、表情のせいか、はたまた内面が顔に表れているのか、不遜な態度と相俟《あいま》って好感度が高いとは決していえなかった。

「それでしたら警護を引き上げますが」

「逆恨みだったらどうする気だ」

相変わらず裕一は高梨のほうを見ようとしない。俯いたままそう告げた彼の顔を覗き込むようにし、高梨が問い掛けた。

「逆恨みをされる心当たりは？」

「ない」

「警察に警護を依頼したのはなぜです？」

「人見と坂崎が殺されたからだ。彼らと行動を共にすることが多かった。二人も殺されるような心当たりはなかったはずだ。それなのに殺されたから、危機感を覚えたんだ」

「本当に何の心当たりもないんですね？　高校時代はあなたも人見さんや坂崎さんも、かなり女性関係が派手だったと聞いています」

「失礼な発言は慎んでもらえますか」

反応を引き出すため敢えて高梨は挑発的な問いかけをしたのだが、それにリアクションをして寄越したのは本人ではなく秘書の佐伯だった。

「根も葉もない中傷への回答は拒否します」

「根も葉もないのですね」

佐伯は無視して裕一に問い掛けたが、裕一に口を開く気配はなかった。

「誹謗《ひぼう》中傷の類です。そのような質問が続くのでしたらもう切り上げさせていただきます」

行きましょう、と佐伯が裕一を促そうとする。あくまでも協力を拒否するなら、と高梨は二人の背に向かい一段と声を張った。

「命より大切にしたいものがあるということがよくわかりました。我々はこれで引き上げさせていただきます」

「話が違います。裕一さんが話をすれば警護を続ける約束ではないですか」

途端に佐伯が振り返り、厳しい語調でそう告げる。

「協力していただけないのであれば警護はできません。逆恨みを受けるかもしれないという程度の理由では警護の継続は不要と、誰であっても判断するでしょう」

失礼します、と高梨は一礼し、その場を去ろうとした。

「もし僕が殺されたら、どう責任を取るつもりだ」

と、ここで裕一がようやく口を開いた。

「どのようにも。とはいえ殺されたとしたら、それを確かめる術《すべ》はありませんね」

高梨は敢えて感じの悪い言い方をすると、再度「失礼します」と頭を下げ、そのまま出ていこうとした。

「……心当たりは……ある」

裕一の声が背中で響く。

「裕一さん」

慌てた様子となる佐伯を裕一は無視し、つかつかと高梨に歩み寄ると、不愉快そうな表情のまま口を開いた。

「だが、あくまでも逆恨みです。僕たち……僕や人見や坂崎に非はありません」

「どういう心当たりなのか、説明してもらえますか？」

高梨が問うと裕一は一瞬、言い淀《よど》んだ。それを逃すまいとするかのように佐伯が口を開く。

「裕一さん、行きましょう。警察の警護は得られますから」

「もういい。隠すようなことでもない。色々勘ぐられるのはご免だ」

しかし裕一は彼に吐き捨てると、高梨に向かいソファを目で示した。

「座ってください。そして僕が話し終えるまで、余計な口を挟まないと約束してください」

「わかりました」

口調は丁寧になったが、言っていることは相変わらず上からだ。内心呆《あき》れながらも高梨は頷き、ソファに腰を下ろした。正面に裕一が座り、少し考えたあとに話し出す。

「高校のOBOGの裏掲示板で、あることないこと言われていると知らせがありました。警察はまさか真に受けたわけではないですよね？」

「真偽について確認する予定です」

問われたことに答えると、裕一はますます不快そうな顔となった。

「確かめるまでもなくすべて『偽』です。父親が有名人なので、誹謗中傷が集まるんです。これからする話も誹謗中傷には違いないのですが、人が亡くなっているのは事実なのでお話しするだけです」

「わかりました。誰が亡くなっているんですか？」

「口を挟まないでくださいと言ったはずです」

問いへの答え以外は発言を認めないというスタンスらしく、裕一はそう言い捨て、高梨を睨んだ。やれやれと肩を竦めたくなるのを堪えつつ、高梨はわかった、と頷き、裕一が口を開くのを待った。

「……僕たちが高校二年のときの話です。学園祭に遊びに来た女子高生と親しくなり、四人でカラオケボックスに行きました。そこでその……奔放な子だったこともあり、我々三人と性行為に近いことをして。しかしあくまでも誤解のないようにしてほしいが、双方合意の上だったんです。我々も学園祭のあとで気分が高揚していたし、彼女もそうだった。そう、彼女も望んでいたんだ。一度も抵抗しなかったし、嫌がった素振りすら見せなかった」

くどくどと言い訳を続ける裕一を前に、嫌悪感が込み上げてくるのを高梨は押さえ込んでいた。

「彼女とはそれきり。名前も定かではありませんでした。でもその後、彼女が自ら命を絶ったという噂《うわさ》が立ったんです。誰が言い出したのか、カラオケボックスで我々と一緒にその……遊んだことが原因だと噂が広まったんだ。勿論、事実無根であるので学校にもそう申し入れ、納得してもらえた。女子高生の家族には高校からそのような事実はないと伝えてもらったし、気の毒に思ったこともあって香典は届けた……が、それで心当たりがあると更に誤解されたのかもしれません。何度か、直接コンタクトを取ろうとしてきたとも聞きました。僕のもとには届いていないので詳細はわからないし、そのうちに来なくなったので気が済んだのかと思っていたんです……でも……」

ここまで喋《しゃべ》ってきた裕一が言い淀む。口を挟むなと言われたので黙っていたが、このまま話が進まないのは困る、と高梨は先を促すために問いを発した。

「その、亡くなった女子高生の家族が今回の犯人の可能性があると、そういうことですね」

「自分の周りで……いや、正確には決して周りではないが、少しでもかかわったことのある人間で亡くなったのは彼女一人です。だから……でも、誤解のないように繰り返しますが、間違っても我々に非はない。学校もそれを認めた。噂がすぐに立ち消えたのも事実じゃなかったからです」

「あなたが高校二年のときのことですね。わかりました。亡くなった女子高生や家族の名前はわからないのですよね」

「一度会っただけの子です。覚えているわけがない」

「自殺だったと」

「そう聞きました。事実は知りません」

「家族というのは親ですか？　きょうだいですか？」

「確か兄だった……と思います。親はいなかったような……」

「わかりました。こちらで調べます」

「逆恨みだ。そこは間違えないでください。早く逮捕してください。頭のおかしな男を」

そう言うと裕一は立ち上がり、「失礼します」と一礼してから部屋を出ていった。

「亡くなった女子高生の兄と会ったことはありますか？」

部屋に残った佐伯に問い掛けた高梨は、『ある』という答えを予測していた。

「いえ。私は。当時の第二秘書が見舞金を届けたと聞いています」

予測は外れたが、即答できるあたり、裕一からは既に話を聞き、詳細を調べたあとだと判断がついた。

「名前と、わかれば連絡先を教えてもらえますか？　即、調べます」

「当時の住所はわかりますが、現在の連絡先はわかりません。既に引っ越したあとでした。名前はわかります。亡くなったのは野上花梨《のがみかりん》さん、彼女の兄の名は野上尚和《なおかず》さんという名でした。ご両親は亡くなっており、歳の離れた兄が保護者となっていました」

「野上さん……」

最近、どこかで触れた名字だと思うも、珍しい名というほどでもない。それより、と高梨は問いを重ねる。

「お調べになったんですね」

「裕一さんから話を聞いたあとに、調査会社に依頼をしただけです」

しかし佐伯の反応は素っ気ない。

「他に、『逆恨み』をしそうな相手について、裕一さんは言ってませんでしたか？」

「あなたが何を目にされたのかは存じ上げませんが、誹謗中傷も多いということです。裕一さんは父親の名に傷をつけたくないと、常に考えておられます。軽はずみな行動を取ることはまずありませんので、そこのところ、認識を改めていただきたいものです」

佐伯はそう言うと、

「そろそろ失礼してよろしいですか？」

と嫌み全開な口調でそう高梨に聞いてきた。

「ありがとうございます。参考になりました」

高梨は礼を言ったものの、果たして佐伯は本気で今の言葉を言ったのだろうかと内心首を傾げていた。

裕一と人見と坂崎、三人は女子高生の死後も相変わらずつるんでおり、相変わらずチャラチャラと遊んでいたのはまず間違いない。揉め事もあっただろうが、他はないとしているのは、自殺をした人間は他にいないということと、おそらく金で解決済みという事実があるからではないかと、高梨はそう推察していた。

野上花梨の兄は金では納得しなかった。直接コンタクトを取ろうとしたのがその表れではないか。彼を納得させるために、何かしらの行動を起こしたのではないか。それで口は塞《ふさ》げたものの、恨みは残ったと、そう認識してるということではないだろうか。

ともかく、野上花梨、そして兄の尚和のことを調べよう。そう心を決めると高梨は早速、捜査本部に戻った竹中へと連絡を入れた。

『わかりました。すぐ調べます……が、あれ？』

竹中が訝《いぶか》しそうな声を出す。

「なんや」

『いや、野上尚和……Nシステムの担当の野上巡査長の下の名前が尚和だったと思うんですけど』

「なんやて?」

高梨の声が思わず高くなる。『野上』と聞いたとき、高梨もまたNシステムの野上を思い出したのだが、偶然同じ名字なのだろうとしか思わなかった。

「間違いないんか?」

しかしなぜ竹中はフルネームを知っているのだろう。互いに名字しか名乗っていなかったはずだが、と疑問を覚えたのがわかったのか、竹中は少しバツの悪そうな様子で理由を教えてくれた。

『いや、実は、感じ悪いなと思ったもので、階級を調べてやろうと検索をかけたんです。フルネームもそのときにチェックしたのを覚えていたというわけで』

そういう理由だったか、と高梨は苦笑しつつも、

「なんにせよようやった。名字も名前も一緒いうんは同一人物の可能性が高い。すぐ確認してもらえるか」

『わかりました。わかり次第すぐ連絡します。にしても……』

竹中は何かを言いかけたがすぐ、

『ともあれ、すぐ確認します』

と通話を終えた。竹中の言いたいことはわかる気がする、と高梨はスマートフォンをポケットに仕舞いながら込み上げる溜め息を堪えていた。

警察官が殺人を犯すなど、あっていいはずがない。高梨の脳裏に野上の顔が浮かぶ。愛想はなかったし、やる気も感じられなかった。Nシステムは車のナンバーが特定できなければ捜索は難しいと言い、こちらが提案するまで現場近くに同一の車が走っていなかったかを探すという案を出してこなかった。

Nシステムを最も使いこなしているという評価を得ている人物であると紹介されていたので、そうした応用がきくものだと思っていたが、そうでもないのかと少々拍子抜けした。だが、もしやわざと気の利かないふりをしていたということなのだろうか。

さすがにそれはこじつけが過ぎるか、と高梨はすぐさま反省したものの、野上の暗い表情は気になった。

聞いたばかりの裕一の話によると、彼が高校二年の時の学園祭に来ていた野上花梨という女子高生を、裕一と人見、それに坂崎でカラオケボックスに誘った。合意の上と裕一は言っていたが、花梨が自殺をしたということから、もしや三人がかりで乱暴をしたのではと推察できる。

花梨の兄、尚和は自殺の原因は三人にあると糾弾しようとしたが、裕一の父親の圧力でなかったことにされた。それを恨んで妹を犯した相手を一人一人殺している――ない話ではない。が、もしもその兄がNシステム担当の野上だとしたら、あってはならないことである。裕一が高校二年というと、今から四年前のこととなる。犯人はこの四年間、復讐心を温めてきたのだろうか。今実行することになったのはなぜなのか。何かきっかけがあったのか、それともずっと機会を狙っていて、準備が整ったということか。

準備――凶器であるトカレフが入手できた、とか？

警視庁には押収したトカレフがある。だがそれを盗用することは不可能であるはずだ。紛失したという話も聞いたことがない。

ここで高梨は、ふと、野上が犯人であるという方向で思考を組み立てている自分に気づき、いけない、と軽く頭を振ることで思考を切り換えようとした。

決めつけはよくない。動機があったとしても犯人であるとは限らない。警察官であれば倫理観を持ち合わせているはずだ。そうでなければならない。まさか復讐を遂げるために警察官になったというわけではあるまい。

まずは野上が、自殺した野上花梨の兄であるか否かを確かめる。その上で、彼が犯行にかかわっているかどうかを見極める。かかわっていないとなると、別の動機を持つ人間を捜すことになる。最終的に犯人に辿《たど》り着くべく、一つずつ可能性を潰《つぶ》していくだけのことだ。

よし、と頷いた高梨の頭に、ふと、閃きが走った。

「あ」

思わず声を漏らしたあとに、再びスマートフォンを取り出し番号を呼び出す。

『どうした、高梨』

応対に出たのは、組織犯罪対策部四課、通称マル暴にいる同期であり、暴力団同士の抗争について情報を提供してもらった菊池だった。

「何度も申し訳ない。北陵組《ほくりょうぐみ》と新栄会《しんえいかい》の抗争についてなんやけど、新栄会幹部の車事情を教えてもらえへんやろか」

『車事情？　組の車か自家用車かということか？』

なぜそんなことを、と訝っている様子ではあったが、菊池はすぐに答えてくれた。

『車は組のもので、幹部連中は運転手込みで割り当てられているんじゃなかったかな、自家用車ではないはずだ』

「組長も専用車か？」

『ああ』

「おおきに。車が追跡された可能性があるんやないかと思ったんや」

お忍びででかけた場所で襲撃されたという話だったので、と高梨は説明し、また連絡すると言って電話を切った。

自分で思いついたこととはいえ、まさか、という思いは強い。否、強くそう思おうとしている感は否めない。

車が特定できていれば、追跡は容易《たやす》いと本人が言っていた。もし、暴力団と——北陵組との間に癒着があったとしたらどうだろう。新栄会の幹部の車の行方を知らせることと引き換えにトカレフを入手する。それが今、復讐を果たすきっかけとなったのでは。

「……あってほしくはないけどな」

気づかぬうちに高梨はそう、呟《つぶや》いてしまっていた。が、すぐさま、願っている場合ではないと我に返ると、警視庁に戻るべく近くに停めてある覆面パトカーへと向かったのだった。

8

黒岩邸の警護に関しては黒岩代議士の希望どおり、当面の間制服警官を配置する必要があると、高梨は捜査一課長に報告すると同時に、裕一本人から動機になり得る可能性ありの『野上花梨』の兄の話を聞き出したことも併せて伝えた。

既にNシステム担当の野上尚和が、花梨という妹を亡くしているということに関して確認は取れていた。花梨の亡くなった状況については、自殺であるということは当時兄妹が住んでいた神奈川県の県警から情報は得られたものの、事件性はないという判断がくだされ詳細は残っていないというところに、高梨は黒岩代議士の圧力を感じた。

とにかく、野上から話を聞きたい。課長に許可を得ると高梨は竹中と共に、野上のもとへと向かった。

「盗難車についての報告は終わっていますよね」

野上は前回同様の愛想のなさで二人を迎えた。

「すみません、今日は別件で少し野上さんにお話をお伺いしたいんですが」

高梨の言葉に対しても迷惑そうにしていたが、相手が警視ともなると邪険にはできないらしく、渋々といった感じで高梨のあとに続き、誰の耳も気にせず話ができる場所ということで用意した会議室で向かい合うこととなった。

「申し訳ありません。亡くなった妹さんの話を伺いたいのです」

高梨が切り出すと野上はただ、「はあ」と不機嫌そうな顔のまま頷いて寄越した。

「妹さんの死に、大学生の被害者二人が関与しているのではという情報を入手したのですが」

「……妹は自殺です。遺書はありませんでした。調書にもそう書いてあったはずです」

俯いたまま、野上がぼそりとそう告げる。聞くより前から調書を持ち出してきたことで、高梨は野上に対する疑念を新たにした。

「被害者の二人と親しかった黒岩裕一という学生から、妹さんの話を聞きました。彼の名前に聞き覚えはありますか?」

「ありません。少なくとも、弔意を寄せてくれた人の中にはいなかったと思います」

「黒岩君が何を言ったのか、お聞きになりたいですか?」

もしも妹の自殺の原因を本当に知らないのであれば、聞きたいと思うのが人情というものだろう。実際、高梨は野上の言葉を信じていたわけではなかった。彼がどう答えるかを確認しようとしたのだが、野上はそうと察したらしい答えを返してきた。

「……それが自殺の原因にかかわることであったとしても、知ったところで妹は生き返りません。妹の死を思い出すのもつらいので、今更、聞く気はありません」

「おつらいことを思い出させることになり申し訳ありません」

実際、つらいのであろう。苦悶《くもん》の表情が演技でないことは、高梨にも見てとれた。しかしそれだけに、と高梨は問いを重ねた。

「亡くなった二人の大学生と黒岩裕一君は、妹さんと関わりがあったとのことです。何か心当たりはないでしょうか」

「ありません。あったとしても……もう、忘れました。思い出すのもつらいので」

野上がまた『つらい』という言葉を口にする。

「ところで」

妹を死にたいと思わせた原因について、知っているのかいないのかは判断がつかない。しかしこれ以上、妹のことで彼を問い詰めたところで、心の傷を悪戯に抉《えぐ》るのみとなるだろう。問いを変えよう、と高梨は野上の表情を窺《うかが》いつつ、口を開いた。

「Nシステムは検索結果のログを辿れたりしますか?」

「どういう意味ですか?」

急に話が変わったからか、野上が戸惑った顔になる。

「警察内の誰かがNシステムを利用し暴力団幹部の車を追跡したのではないかという可能性が生じたのです。ログのようなものが残るのであればそれを拝見したいと思ったんですわ」

「暴力団幹部の車……マル暴からの要請で過去に追跡したことはあります。それとは別にということですか？」

野上は落ち着いていた。システムを熟知しているとのことなので、ログは自分で消しているのかもしれない。そう判断した高梨は、揺さぶりをかけることにした。

「つい最近のことです。新栄会の幹部が殺された事件、ご存じですか？」

「いえ」

首を横に振った野上の目が泳いだのを見逃す高梨ではなかった。

「お忍びで愛人宅に向かったところを銃殺されました。二人とも組で保有してる専用車を使っているとのことなので、居場所の追跡にNシステムが使われたのではないかという疑いが生じたんです」

「ナンバープレートがわかっている車であれば、Nシステムで追跡可能です。とはいえ、システムを扱えるのは我々の部署の人間のみです。まさか我々の中に情報を流した人間がいると、そうおっしゃりたいのですか？」

野上はむっとしてみせたが、演技に見えるなと高梨は密《ひそ》かに観察していた。

「ハッキングの可能性もあるかと思いますが」

「外部から侵入しようとした場合、システムは即ロックされます。しかし一応、調べてみます。それでいいですか」

不快さを隠そうともせず、野上が言い捨てる。

「よろしくお願いします。色々と失礼なことを言いまして、申し訳ありませんでした」

これ以上、彼を問い詰めたところで、何も言わないだろう。他に切り口を考えるしかないと高梨は諦め、話を切り上げることにした。

亡くなった妹についての話題は、本人がつらそうだったこともあって謝罪をする。それを聞いた野上は何かを言いかけたが、すぐに、

「いえ」

ぼそりとそう告げると、頭を下げ、踵を返した。

「何か思い出したことがあったらいつでも連絡をください」

その背に声をかけたのは、彼の背中が何かを語りたがっているように見えたからだった。

野上が足を止め、高梨を振り返る。その顔にあるのは虚無感としか思えない感情で、思い違いをしたかと高梨は思わざるを得なくなった。

「……高梨さん、身内を亡くされたことがありますか？　不慮の事故とか、それこそ自殺で」

「……いえ……」

「だと思いました」

野上はそれだけ言うと、再び踵を返し会議室を出ていった。

彼が言いたかったことはわかる。もしも同じ立場だったら、そんな問いはできないだろうと高梨を責めたのだ。

思い出したくない過去を掘り起こすのは野上にとっても気の毒だとは思う。しかし、もし彼が今回の殺人事件に何かしらの形で関与していたのなら、掘り起こさざるを得ないのだ。

「警視、今、いいですか？」

と、会議室のドアがノックされたあと開いて、竹中が顔を覗かせる。

「ええよ。今終わったとこや」

「野上について情報を集めました。とはいえ、親しくしている人間は特にいないし、チーム内でも浮いているそうで、データにあること以外はそうわからないんですが」

「妹さんのことは、周囲に知られてるんか？」

「いいえ。周りと一切かかわりを持たないからか、知っているのは上司くらいで、同じチームの人間も同期も全く知らない様子でしたよ」

「上司は何か言うとったか？」

「特には……協調性はないが仕事はできるので任せていると。もともと業務の内容が皆と協業するというものではないので、協調性がないとはいえ特に支障が出ているわけではないそうです」

「なるほどな……」

個人プレイが主たる部署もあることは理解できる。適材適所というわけかと頷いた高梨に、竹中の報告が続く。

「一つ気になったのは、経理部の若手が最近、彼と一緒にいるところをよく見るようになったという話で。警視がちょうどお休みされていた時だったんですが、捜査二課の刑事の横領を未然に防いだということで結構話題になった、鈴木隆《すずきたかし》という職員です」

「ああ、噂は聞いたことあるわ。不正な経費精算を見抜いたんやったな。表彰されたんやなかったか？」

「はい。二課の刑事はカジノでのギャンブルにはまり、借金がかさんだ結果公金に手をつけようとしたそうで。カジノは暴力団が経営していて、芋《いも》づる式にその暴力団幹部も逮捕され、組織を潰滅できたとマル暴にも感謝されていたんですよね」

「マル暴か……」

暴力団組織の潰滅。既視感がある、と呟く高梨の頭に、またも一つの考えが浮かぶ。

「マル暴がどうしましたか？」

不思議そうに問い掛けてきた竹中に高梨は、己の考えを伝えることにした。

「ただの思いつきや。これから詰めていかなならんし、外している可能性も勿論あるんやけど」

その言葉どおり、高梨自身、確信があるわけではなかった。加えて竹中に先入観を与えることになるのではと案じつつも、凶器がトカレフという共通点しかないと思われた暴力団の抗争の話をし始めた。

「幹部の車は固定だそうや。そやし、Nシステムを使えば、お忍び行動中の幹部の行方も突き止められる。抗争相手の北陵組にNシステムで得られた情報を提供したのではないかと、そう考えたんや」

「なるほど。その見返りとして大学生二人の殺害を請け負うと……ない話ではありませんね」

納得したように竹中もまた頷く。

「僕は鈴木という職員が結果的に潰滅させた組織について、調べてみるわ。竹中は野上と鈴木について、聞き込んでもらえるか？」

「わかりました。情報集めます。あ、それから」

と竹中が何かを思い出した顔になり、ポケットからスマートフォンを取り出す。

「山田の従兄弟に、黒岩絡みで女子高生が自殺したことについて、詳細を知りたいとまた掲示板に書いてもらったんですけど、いくつかレスがつきました。黒岩、人見、坂崎の三人が、未成年にもかかわらず彼女に酒を飲ませて朦朧とさせ、乱暴したと書かれています。反論する人間は今のところいないようです」

「そうか……」

想像はしていたがいたましい、と高梨の顔が自然と強張《こわば》る。

「黒岩は無傷だったんですが、人見と坂崎が飲酒を理由に謹慎しています。そのことからも信憑性が高いのではと見ました」

竹中も憤った表情を浮かべている。当時も今も、黒岩は父親により守られている。本人も父親も、人の命が失われたという事実があるのに、少しの罪悪感も覚えることがなかったのだろうか。高梨の心の中では怒りの焰《ほむら》が立ち上っていた。

「何かわかり次第、報告します」

「頼むわ」

厳しい表情のまま、互いに頷き合う。高梨もまた会議室を出ると、マル暴の同期から情報を得るべく、彼のもとへと向かったのだった。

一方田宮はいつものように、青柳探偵事務所で勤務をしていた。雪下は休むと言っていた、と、朝一番に眠そうな顔をした青柳が言いに来てくれたのは、田宮が案じていることが伝わっているからのようだった。

「大丈夫なんでしょうか……」

休むというのは、身体を休めるという意味か。それとも好き勝手に動くつもりなのか。後者だとして、一体何をしようとしているのか。被弾しているというのに。

雪下のことを考えるだに、心配が募る。それでつい田宮は青柳に問うてしまったのだが、彼から返ってきたのは苦笑のみだった。

「ホントだよねえ。体力自慢もいい加減にしてもらいたいものだよ」

青柳は愛想もよかったし、顔には笑みもあった。が、これ以上は問えないオーラのようなものが彼の全身から立ち上っていた。

「それじゃ、今日もよろしく。僕はもう少し寝るよ」

おやすみ、と言いながら青柳が部屋を出ていく。彼を見送ってから田宮は仕事に戻ろうとしたが、気づけば雪下のことを考えていた。

被弾して尚、彼は動こうとしていた。何をしようとしていたのだろう。撃たれたために中断していた仕事を果たそうとしていた？　彼の仕事は悪事に手を染めている警察官の摘発だ。一刻も早く、警察官の悪行を突き止めたかったのか。それだけだとああも無茶をする理由としては弱いように思う。

逃亡されてしまうとか？　その危険があるのなら青柳が黙っていないだろう。怪我を負った雪下だと、相手が暴力に訴えてきたら屈さざるを得なくなる。そもそも既に暴力に晒されているのだ。被弾する以上の暴力はなかなかないだろう。

だとしたらなぜ、彼は動こうとしたのか。誰かを救うため？　誰を？　自分を撃った相手をだろうか。それともその相手が他の誰かを撃つ可能性がある——とか？

「…………わかるはずがない」

いくら考えたところで正解には辿り着けないのに、なぜ考えてしまうのか。いい加減、仕事に集中せねば。我に返った田宮は思考を切り上げ、目の前のパソコンに意識を集中させようとした。と、そのとき卓上の電話が鳴ったため、田宮は驚きながらも受話器を取った。

ここに勤め始めて初の電話だ。とはいえ会社勤めが長かったので電話応対に戸惑うことはなかった。

「はい。青柳探偵事務所です」

『……田宮か？』

「……っ」

まさか。この声は雪下だ。昨日、留守番を命じられたのは雪下からの電話があるかもしれないからということだったが、一切電話は鳴らなかった。まさか今日、かかってくるとは。

「は、はい。田宮です」

電話から聞こえてくる感じでは、雪下は外にいるようだった。喧噪《けんそう》の中、雪下が問い掛けてくる。

『……高梨から何か、連絡はあったか？』

「え？」

まさか高梨の名が出るとは思わず、田宮は今度こそ唖然としたあまり声を失った。

『ともかく、お前はもう帰れ』

それだけ言うと雪下は電話を切った。

「も、もしもし？　雪下さん？」

一体なんだったのか。慌てて田宮は自分のスマートフォンをポケットから取り出し、雪下の番号を呼び出した。スマートフォンからかけても誰も出ず、仕方なくデスクの固定電話からかけ直したがやはり応答してくれない。

どうしたらいいのか、迷うより前に、と田宮は立ち上がった。青柳に報告し、指示を仰ごうとしたのだが、それより前に事務所のドアが開いたかと思うと、当の青柳がやってきた。

「田宮君、悪い。至急、家に戻ってもらえるかな」

「え？　あの、今、雪下さんから連絡があったんですが」

雪下も自分には『もう帰れ』と言っていた。なぜ、と聞くこともできなかったがと、田宮はまず、電話の内容を青柳に伝えることにした。

「そうなんだ」

青柳が少し驚いたように目を見開く。

「なんだって？　帰れって？」

「はい。それから、『高梨から何か、連絡はあったか』と」

「へえ」

田宮の言葉を聞き、青柳は更に驚いた様子となった。

「君の答えは？」

だがすぐ我に返ったらしく、問いかけてくる。

「答えるより前に、『お前はもう帰れ』と」

「そうか。それで？　何か連絡はあった？」

「ありません」

青柳にも問われるとは、と戸惑いながらも答えたあと、田宮は、はっとし、青柳を見た。

「あの……っ」

高梨の動向を尋ねられたということは、やはり今回の捜査のターゲットに近いところに高梨がいるということではないのか。

本人が対象ということはないはずだ。高梨に後ろ暗いところがあるとは思えない。彼が後ろ指を指されるとしたら、と、そこまで考えたのがわかったかのようなタイミングで青柳が苦笑し口を開く。

「そんな顔しなくても。別に高梨警視と君の関係が表沙汰になるってわけじゃないよ。仮になったとしても、警視的には痛くも痒《かゆ》くもないんじゃないのかな」

「それは……」

暴力団に拉致《らち》され、覚醒剤を投与されている動画を拡散された。そんな自分が傍《そば》にいることが迷惑にならないはずがない。それを告げる時間を青柳は与えてくれなかった。

「ともかく、高梨警視は我々の調査の対象外であることは間違いないから。安心してくれていいよ。その上で、今日は帰ってほしいんだ。実は警視がここに来る可能性があるんだよ。君も鉢合わせたくないだろう？」

「え？　良平がここに？」

あまりに驚きすぎたせいで、つい、いつもの『良平』呼びをしてしまった田宮は、青柳ににっこり笑って返されたことでそれを自覚した。

「そう。『良平』も君がここにいたらびっくりすると思わない？」

「……っ。はい。明かしていませんので……」

しかしなぜ、高梨がここに来るというのか。何も正解を思いつかなかった田宮に青柳が畳み掛けてくる。

「だから今日はもう帰ってほしいんだよ。明日も休んでもらえると有難い。勿論、時給は払うから安心してくれていい。こっちの都合で休んでもらうわけだからね。間違ってもらいたくないんだけど、体よくクビを切ろうとしているわけではないよ？　高太郎《こうたろう》もまだ就職を諦めていないようで毎日事務所を空けるし、それに君の働きぶりにも満足しているしね」

「……あ……りがとうございます」

世辞に違いない。自分をスムーズに帰すための方便だろうとはわかったが、それでも青柳に仕事ぶりを『満足している』と言ってもらえたことに田宮は安堵と、そして嬉しさを感じていた。

「それじゃ、あとはやっておくから」

すぐにも帰ってほしいという素振りを見せる青柳に対し、田宮は「失礼します」と頭を下げると、手早く荷物をまとめ事務所を出ようとした。

「言うまでもないことだけど」

と、そんな田宮の背に青柳が声をかけてくる。

「はい？」

なんだろうと振り返った田宮は、続く青柳の言葉にますます疑問を抱くことになった。

「もし、高梨警視が雪下君の怪我のことを聞いてきても、何も言わないようにね」

「……聞かれる可能性があるんですか？」

そもそも、高梨は田宮のバイト先を知らない。どういう状況で聞かれるのだろうかと問うた田宮に対し、青柳は一瞬、言葉を探すような表情をしたあと、にっこりとそれは艶《あで》やかに微笑んだ。

「『もしも』だよ。九割がた、聞かれることはないだろう。でもほら、高梨警視は優秀だろう？用心するに越したことはないと思っただけさ」

それじゃ、お疲れ、と手を振られてはもう出て行かざるを得なくなった。それで田宮は、

「わかりました」

と答えると、青柳に見送られ事務所をあとにしたのだった。

電車に揺られながら田宮は、なぜ高梨が青柳探偵事務所に現れるのかを考えてみた。自分には何も言わなかったが、雪下が青柳にその理由を告げたことは容易に推察できたが、それが何かということは当然ながらわからなかった。

今、高梨が追っている事件が関係しているのだろうか。といっても田宮は高梨がどんな事件の捜査をしているかをまるで知らない。泊まり込みが続いているので、大変な事件であろうと思うくらいだ。

最近、話題になった事件を思い起こしてみる。最初に思いついたのは、大学生が立て続けに二人殺されたという事件だった。場所が新宿で近かったというのもあるが、二十歳《はたち》そこそこの若者の命が奪われるとは痛ましい事件だと印象に残っていた。

銃殺であったことは報道されていたが、田宮がそれらの事件と雪下とを結びつけて考えることはなかった。

家の最寄り駅に到着するまで田宮は思考を続けたが、これもまた考えたところで正解は知り得ないことだと諦めると、高梨が帰宅したときのことを思い、夕食の買い物をしていこうとスーパーへと向かった。

もしも今日も泊まり込みになるようなら、差し入れを持っていこうかとも考えたのだが、青柳に釘を刺されたこともあって躊躇《ちゅうちょ》してしまっていた。

自分の好奇心を満たすために会いに行くわけではないと、いくら思っていようとも、結果として探ってしまうかもしれない。それは高梨を裏切ることにもなるし、雇用時に青柳と交わした約束にも反する。

今日も早退、明日も休んでほしいと言われてしまったため、時間を持て余してしまうなと溜め息を漏らしたそのとき、田宮のスマートフォンが着信に震えた。

「……っ」

誰からだ、とポケットから取り出し、画面を見て、はっとする。浮かんでいる名は誰より愛しい人だった。

「良平？」

すぐに電話に出て、呼びかける。

『ごろちゃん、こんな時間にごめんな。今、ええか？』

高梨の口調はやたらと切迫しているように感じる。何かあったのだろうかと緊張を高めつつ、田宮は「大丈夫だよ」と答え、

「どうしたの？」

と用件を問うた。

『……こないなこと言うのはどうかとも思うんやけどな、暫くの間、周囲に気を配るようにしてほしいんや』

「……え……？」

咄嗟《とっさ》に意味がわからず、問い返した田宮の耳に、心底申し訳ながっているのがわかる高梨の声が響く。

『今、捜査中の事件に暴力団がかかわってな。ごろちゃんに危害を加えようとするかもしれんのや』

「……っ」

暴力団と聞き、田宮の頭にフラッシュバックのように蘇ったのは、いうまでもなく覚醒剤を打たれたときの情景だった。

『可能性としては低い。一割もない程度やと思ってくれててええ。脅かしたいわけやないんや。ただ、用心してほしい。それだけや』

高梨が必死になって自分を安心させようとしているのがわかる。本人が言うとおり、危険が迫っているというわけではなく、あくまでも念のため、用心をせよということなのだろうと理解はできたが、恐怖心はなかなか去っていかなかった。

それでも怯《おび》えたままでは心配をかける、と田宮は気力を振り絞り、敢えて明るい声を作った。

「わかった。気をつける。実はバイト先の都合で、明日、休みになったんだ。なので家から出ないようにするよ」

『ほんま？　よかったわ。ああ、でもな、ほんまに危険が迫っとるいうわけやないからな。周囲に気を配ってほしい、いうだけやから』

言葉とは裏腹に、『出かけない』と告げたことに対し、高梨が安堵しているのがわかる。

「来訪者にも気をつけるから。そろそろ差し入れをと考えてたんだけど、それもやめておくよ」

『そうしてくれると助かるわ。まずは自分の身の安全を優先してや』

高梨はそう言うと、

『ほんま、危険いうわけやないからな』

と繰り返し告げてから電話を切った。

「…………」

田宮もまた電話を切ったものの、今の電話の意味は、と半ば呆然としてしまっていた。が、すぐ、暴力団が自分を狙っている可能性があるという高梨の言葉を思い出し、周囲を窺う。

それらしい人間はいないように見える。しかし用心せねば、と周囲に意識を配りつつ田宮は、今日は買い物はしないで真っ直《ます》ぐ帰宅しようと心を決めた。

暴力団が自分を狙う理由は、高梨の捜査を妨害するためと推察できる。覚醒剤を投与された動画は既に削除されているが、一度ネットに上がったものを完全に消し去ることはできないと、田宮は実体験として知ることとなっていた。

動画では田宮が高梨のパートナーであることも暴かれていた。週刊誌ネタにならなかったのは、かつての同僚にして富岡《とみおか》に懸想中のアメリカの財閥御曹司、アラン・セネットがマスコミ全般に手を回してくれたからである。

世間一般には広まらなかったが、暴力団には田宮が高梨のパートナーであることが知れ渡っているということなのだろうか。だから高梨はわざわざ電話をしてくれたのか。

自分という存在が、高梨の迷惑になることだけは避けたい。そのためにも彼のアキレス腱《けん》とならないよう、充分用心せねば。己に言い聞かせる田宮の耳に、数日ぶりに聞いた高梨の声が蘇る。

『まずは自分の身の安全を優先してや』

これでもかというほどの思いやりを見せてくれる彼の足手まといには絶対になるまい。改めて心に誓う田宮の脳裏には、優しく微笑む誰より愛しい男の顔が浮かんでいた。

9

Nシステム担当部署の野上と最近親しくしているという経理部の若手職員、鈴木が結果として摘発することとなった暴力団は、北陸組と抗争中の団体だったことがわかったため、高梨と竹中は鈴木への事情聴取を行うべく彼を会議室に呼び出した。

「あの……お話ってなんでしょう」

高梨らの前に現れたのは、いかにも今どきの若者といった雰囲気の若い男だった。チャラいという表現がぴったりくる。加えて、と高梨は彼のスーツや時計をさりげなく観察した。生地も仕立てもいいスーツ。時計は数百万するものではないか。公務員の給与で購入できるものではない。

実家が裕福なのか。その辺りを竹中は調べているかと、ちらと横に座る彼を見る。視線に気づいた上で高梨の問いたいこともわかったらしい彼は、目の前にいる鈴木には気づかれぬようこっそりと首を傾げてみせた。

「お呼び立てして申し訳ありません、鈴木隆さんですね？」

やはり怪しい。そう思っていることなどおくびにも出さず、高梨は笑顔で鈴木に問い掛けた。

「はい」

「忙しいところ申し訳ありません。実は野上巡査長についてご存じのことを教えていただけないかと思いまして。親しくされていますよね？」

「親しいというほどでも……あの、野上君がどうかしたんですか？」

鈴木が心配そうな顔で問い返してくる。

「彼がNシステムを不正に利用した疑いがあるのです。彼がそうするに至った心当たりはありませんか？」

「不正に利用？　彼が？　考えられません。真面目な男ですよ。趣味は仕事というくらいの」

あり得ないと思います、と首を何度も横に振る鈴木の顔は強張っていた。

「僕は何も知りません……申し訳ないんですが」

それでもきっぱりとかかわりを否定してみせるあたり、保身の術には長《た》けている。それなら、と高梨は具体的な名称を出してみることにした。

「野上巡査長には暴力団関係者に情報を流した疑いがあります。北陵組という名を野上さんから聞いたことはありませんか？」

「……ありません」

鈴木は明らかに動揺していた。それを必死で押し隠そうとしている。もう少し揺さぶってみるかと高梨は問いを続けた。

「仮に野上巡査長が北陵組にNシステムで知り得た何かしらの情報を流していたとして、彼と北陵組との繋《つな》がりがどこにあるのかがわからないんですわ。野上さんの交友関係は実に狭く、親しくしている同僚や先輩、後輩もいない。唯一、交流があるのがあなたなんです」

「ちょ、ちょっと待ってください。僕が関係してるというんですか？　とんだ濡れ衣です」

鈴木の動揺は激しくなり、語調も強まる。

「そうは言っていませんが、あなたと野上巡査長はいつから親しくされているんですか？」

竹中の調査によると最近ということだった。それを正直に明かすだろうかと彼を見る高梨の目が厳しくなる。

「いつって……最近です。偶然、街中で会ったんですよ。それで意気投合して付き合い始めたんです」

「野上巡査長と、どういう話題で意気投合されたんですか？」

「覚えていませんよ」

「会った場所は？」

「新宿の飲み屋です。お互い一人で飲んでいて、きっかけはなんだか忘れましたが、一緒に飲むことになって、それで親しくなったんですよ」

「お互い警視庁に勤務していることはいつわかったんです？」

「飲んでいるときにわかりました。ああ、それで盛り上がったんだった」

「そうですか」

あまりに嘘くさい。鈴木はともかく、野上は見も知らない男と飲み屋で意気投合するようなキャラクターには見えなかった。酒が入ると違うという可能性はあるとはいえ、『らしくない』出会いにもほどがある。

これは何かある。そう確信を深めたものの、これ以上、鈴木を問い詰めたところで何も言うまいと判断し、一旦切り上げることにしようと高梨は心を決めると、最後に、と様子を窺っている鈴木へと笑顔を向けた。

「鈴木さんは以前、表彰されていましたね。横領に気づいたということで。さすがです」

「あ……いえ。それが仕事ですから。たいしたことでは……」

一変し、賞賛してくる高梨に違和感を覚えたのか、訝しそうな顔になりながらも鈴木はそう、謙遜をしてみせた。

「横領を行った警察官を摘発しただけではなく、彼と繋がっていた暴力団をも潰滅できたのですから、ほんまにたいしたことやと思いますよ」

にっこり、と高梨は笑うと、横にいた竹中に問い掛けた。

「解散した暴力団はどこやったっけ」

「龍聖会《りゅうせいかい》です。北陸組とは対立関係にあった組と聞いてます」

竹中が高梨の意を汲《く》み、ここでまた北陵組の名を出す。

「ほう、北陵組の。これまた偶然やな」

わざとらしい小芝居をしつつ、ちらと鈴木を見る。青ざめているその顔を見れば彼が北陵組とかかわりがあるのは明白だ、と高梨は確信したのだった。

「お時間とらせてしまって申し訳ありませんでした」

もう結構です、と高梨は鈴木に退室を促した。と、ここで鈴木が思わぬ発言をしてきたために、室内の緊張は一気に高まることとなった。

「……高梨警視……ずっとお名前に聞き覚えがあるなと思っていたんですが、今、思い出しました。大怪我をされていて最近復帰されたんですよね。『ご家族』も大変な目に遭われたと噂で聞きました。ご無事で何よりでした」

「な……っ」

声を上げそうになった竹中を視線で制すると高梨は、鈴木にニッと笑いかけた。

「おおきに」

「結果として、暴力団組織を一つ潰滅させたんでしたよね。それもたいしたことですね」

先程高梨が言ったのと同じ言葉を告げる鈴木の顔にはふてぶてしさが表れていた。そのまま彼が部屋を出ていき、ドアが閉まると同時に高梨は竹中に「ちょっと外すわ」と言葉をかけ、電話をかけるためにリフレッシュコーナーへと向かったのだった。

鈴木の最後の発言が脅しであると、高梨は踏んだのだった。それで田宮に身辺には気をつけるようにと注意をした。鈴木が北陵組の力を借り、田宮を危険な目に遭わせるのではと案じたのである。

鈴木が北陵組と繋がっていることは間違いなさそうである。揺さぶりをかけた結果、高梨を脅してきたことからもそれがわかるが、野上と鈴木の繋がりはどこにあるのか。

鈴木からの働きかけか。北陵組は新栄会の幹部を銃殺するのにNシステムで車の位置を突き止めたのではないかと推察できる。それでNシステムを担当している野上の協力を仰いだのだろう。北陵組と野上を繋いだのが鈴木。どのようにして繋いだのか。

「トカレフ……やろうな」

協力への見返りとして、北陵組は野上にトカレフを与えた。それだけではなく、人見と坂崎を殺害する手助けをすると持ちかけたのではないか。

もしや、と高梨は急いで捜査一課に戻ると、課長に調べてほしいことがあると申し入れた。

「野上ですが、過去にNシステムを私用で使い処分、もしくは注意を受けたことがなかったか、調べてもらえませんでしょうか」

「わかった。すぐ問い合わせる」

「警視、鈴木ですが、総務や人事の職員たちと密に連絡を取り合っているようです。懲戒処分を受けていたら人事部の職員から情報が流れたかもしれませんね」

近くにいた竹中の言葉に課長もまた頷くと、すぐに電話をかけ始めた。

「鈴木には監視をつけています」

「わかりやすいように頼むわ」

「はい。何か不審な動きがあれば即、身柄を拘束し取り調べを行います」

「せやね。野上はどないや」

「特に動きはないかと思うんですが……」

竹中がそう言いかけたとき、慌てた様子で山田が駆け込んできた。

「野上、早退したそうです。今、連絡が入りました」

「！」

鈴木が捜査一課に呼び出される前に連絡を取り合ったのだろうか。しまった、野上の動向もきっちり管理しておくべきだったと高梨は己の至らなさに怒りを覚えた。が、すぐ、我に返ると、課長へと向き直り口を開く。

「野上の行き先は黒岩裕一の家ではないかと思います。警察が警護中なので危険はないとは思いますが、万一ということがありますさかい、これから向かおうと思います」

「そうだな。俺からも現地の責任者に連絡を入れておくが、野上は今までに二人、殺している可能性がある。何をしでかすかわからないからな」

課長の顔も緊張で強張っている。己も同じような表情を浮かべていることを自覚しつつ高

梨は、

「頼んだぞ」

と肩を叩《たた》く課長に「わかりました」と返事をし、急いで捜査一課を飛び出した。彼のあとに竹中も続く。

「やはり野上が犯人なんでしょうか」

覆面パトカーに乗り込みながら、竹中が高梨に問う。

「わからん。せやけど可能性は高い、思う」

「妹さんが亡くなったのは四年前です。今になって復讐をしようと思ったきっかけはなんだったんでしょう」

「鈴木……やろか」

妹が亡くなった四年前、野上は既に警察官だった。もしやその頃に彼はNシステム担当だったのだろうか。そして妹が亡くなる原因となった大学生たちの動向を探ろうとした。

Nシステムを私用で使うことが許されるはずもなく、処分、もしくは注意を受けた。それからの四年間、彼はどんな気持ちでNシステムを扱ってきたのだろう。

復讐心はずっと彼の胸で燃えさかっていたのだろうか。それとも鎮火していたところを、鈴木に焚《た》きつけられたのか。

どちらにせよ、実際に人を殺《あや》めたのであれば、放置できることではない。たとえチャンスを得たから殺した、というのであっても、警察官である限りは、衝動を抑えるべきだった。警察官でなくても、人を殺してはならない。いくら憎しみが勝っても——実際、黒岩裕一の罪悪感の欠片《かけら》もないような態度を目の当たりにしていた高梨の口から、我知らぬうちに溜め息が漏れる。

野上が裕一と接触できたとは思えない。物陰から様子を見るくらいだったのではないか。それでも充分、妹の死をまったく気にしていない様子は窺えただろう。

野上の手にはトカレフがある。捜査の手が己に及びつつあると知る彼が取る行動は一つしかない。最も憎むべき相手である黒岩裕一の命を奪うこと。それだけのはずだ。

先に学友二人を殺したのは裕一を精神的に追い詰めるのが目的だったのかもしれない。実際に手を下したとき、彼は罪悪感を覚えなかったのだろうか。覚えなかったからこそ、二人目を手にかけたということか。

やりきれない。またも溜め息が漏れそうになり、高梨は唇を引き結ぶ。同情はする。だが殺人は未然に防ぐ。なんとしてでも。いつしか拳を握り締めていた高梨の頭にそのとき浮かんでいたのは、終始俯いていた野上の暗い顔だった。

高梨らが黒岩邸に到着したちょうどそのとき、制服警官が一人、持ち場を離れようとしているところだった。

「お疲れ様です。復帰されるんですか？」

高梨と竹中に気づき、声をかけてきた彼に高梨は、

「お疲れ様です。交代ですか？」

と笑顔を向ける。

「はい。さっき本部から来た刑事さんと交代ということで、休憩に入らせていただきます」

「本部からですか？」

聞いていない。もしや――嫌な予感がする、と高梨は警官に確認を取る。

「はい。今、家の人と話してます。捜査一課長からの報告事項があるとのことでした」

「なんやて⁉」

予感が当たった。捜査一課長は確かに責任者と連絡を取るとは言っていたが、それは黒岩家の人間に伝えるようなことではない。

「ここの指揮を執っていた川端《かわばた》さんは今？」

「休憩から間もなく復帰しますが、何か……？」

タイミングが悪すぎる。課長の連絡は間に合わなかったということか。

「おおきに。すんませんっ」

焦るあまり高梨は、警察官に説明する間もなく慌てて黒岩邸の使用人用口へと向かい駆け出した。

「高梨警視？」

よほど凄い形相となっていたのか、警察官の驚く声を背に、ドアを叩く。

「すみません、警察です。緊急事態です。ドアを開けてください！」

施錠されているドアを何度も叩く。と、間もなく鍵が外れる音がし、若い家政婦がおずおずと顔を覗かせた。

「あの、困ります。今、佐伯さんは下にいらっしゃらないので」

「先程の刑事は中ですか？　捜査一課長からの伝言があると言っていた」

胸がざわつく思いがする。もしや既に野上は裕一に到達しているのでは。その焦りから家政婦に対し勢い込んで問い掛けてしまっていたのだが、彼女が高梨の焦る理由を知る由もなかった。

「あの刑事さんも、佐伯さんに取り次ぐので待ってほしいと言ったのに、緊急事態だからとずんずん中に入っていってしまったんです。佐伯さんに怒られるのはこっちなのに……」

「すみません、本当に緊急事態です。怒られるときは一緒に怒られますんで」

ちょうど佐伯が外していたのがよかったのか悪かったのか。佐伯に止められたら、今の野上であれば発砲したかもしれない。

啞然とする家政婦に言い捨てると高梨は竹中と共に中へと走った。

「困ります！」

事情を知らない家政婦が叫ぶ声を背に廊下に飛び出し、周囲を見回す。裕一のいる部屋の前には警備会社の警護の人間が立っているはずである。二階か、と階段を駆け上った高梨は、目の前に開けた光景の悲惨さに思わず声が出そうになるのを堪えねばならなくなった。

二階の廊下の突き当たり、制服姿の警備員たちが高梨に背を向け立ち尽くしている。彼らの視線の先にいるのは、捕らえた佐伯に銃を向け、周囲を睨み付けている野上、その人だった。

と、野上の視線が高梨らに及ぶ。佐伯もまた気づいたらしく、悲鳴を上げかけたが、そんな彼の頭に野上は銃口をめり込ませるようにし、佐伯の声を封じた。

「野上巡査長、何をしとるんや」

一目瞭然ではあった。佐伯を人質とし、裕一のいる部屋のドアを開けさせようとしているのだろう。

「動くな！　一歩でも近づいたらこの男を撃つ！」

野上が叫び、尚も銃口を佐伯の頭に突きつける。

「た、助けてくれ……っ」

「煩い！　早くドアを開けるように言え！　死にたくないならな」

震える声で高梨に助けを求める佐伯に、野上は厳しくそう命じた。

「野上巡査長、落ち着くんや」

野上の目は血走っており、銃を撃つことに躊躇《ためら》いは少しもなさそうだった。声がけを間違えると佐伯は本当に撃たれかねない。とにかく、話をできる状態にまで持っていく必要があると高梨は静かな口調を心がけつつ、野上にそう呼びかけた。

「撃つなら撃つといい。ああ、拳銃を持ってはきていないのか。外の警官に撃たせたいならそうしてもいい。その前に俺はこいつも、それに黒岩代議士の息子も殺してやる」

吐き捨てる野上の腕の中で、佐伯が引き攣《つ》った声を上げた。

「わ、私は関係ないでしょう」

「うるさい」

グリ、と野上が銃口を佐伯の頭に押し当てる。

「ひいっ」

「そうだ。高梨警視に頼もう。ドアを開けてくれ。鍵がかかっているんだ。中には息子がいるんだろう？　妹を強姦した最後の鬼畜が。警備員たちは言うことを聞きゃしない。こいつが殺されても痛くも痒くもないからな」

「……わかった。近づいてええんやな？」

近くまで行けば隙を突くこともできるかもしれない。高梨は答えると、竹中を一瞬見やった。高梨と竹中は今、銃を携帯していないが、外の警官たちは腰につけているはずである。最悪の事態を予測し彼らを呼んでこさせようとしたのだった。竹中は頷き、そろそろと後ずさっていく。

「おかしな動きをしたら引き金を引く。トカレフでもここまで至近距離なら撃ち損なうことはない。頭が吹っ飛ぶだろうから確実にこいつは死ぬぞ」

「や、やめてくれ……」

佐伯の恐怖は極限に達しているようで、いつもの取り澄ました顔は歪み、両目からは涙が溢れている。

「人見と坂崎の二人を殺したんも、あなたなんやな」

ドアの向こうにはおそらく、裕一がいる。姿を見れば確実に野上は撃つだろう。その直前に銃を奪うことはできるか。佐伯を盾にされたら難しいかもしれない。

説得はできないだろうか。野上は死ぬつもりに見える。聞く耳を持ってもらえるかはわからないが、佐伯や裕一だけでなく、高梨は野上を救いたいと心からそう願っていた。

「妹さんを自殺に追いやった三人に、復讐を果たそうとしたんやな」

「うるさい。わかっているなら早くドアを開けろよ！」

野上が喚《わめ》き立てたその時、高梨の背後、階段から「待て！」という怒声と共に、ドタドタと大勢の人間が上ってくる音が響いてきた。

野上を刺激しないようにという配慮が竹中にできないはずがないのだが。一体どうしたことかと高梨は驚き振り返った。

「……っ」

最初に目に飛び込んできたのは部下の姿ではなかった。見知った、だがこの場に現れるはずなどない男の登場に高梨はらしくなく動揺し、絶句する。男の姿は野上をも驚かせたようで、

「なぜだ……」

と呟く声が高梨の耳に届く。それで我に返ることができた高梨はすぐ目の前まで駆けてきた男を改めて見やった。

「すみません、制服警官に入ってもらおうとしたときに、制止も聞かず飛び込んできて……」

男の背後から現れた竹中が高梨に状況を説明しながら、男の肩に手をかけようとする。その手を振り払った男が真っ直ぐに高梨を見据え、声をかけてきた。

「高梨、俺に話をさせてくれ」

「雪下……」

高梨の口から男の名が漏れる。そう、唐突にこの場に姿を現したのは、高梨のかつての同僚、今は警察を辞め、探偵事務所に勤務しているはずの雪下だった。

「警視？」

高梨の知己かと察したらしい竹中の口から戸惑いの声が漏れ、彼の手が雪下の肩のすぐ上で止まる。

「俺は野上を死なせたくない」

雪下の顔色は蒼白《そうはく》といってよかった。額に滲んでいる汗は苦痛による脂汗ではないかと思われる。乱れた息はもしや、どこかに傷でも負っているのでは。目の前の雪下の様子は彼が相当な覚悟をもって現れたことを示しており、高梨を圧倒していた。

「うるさい！　なんなんだ、お前は！　もう放っておいてくれ！」

そのとき野上の悲鳴のような声が周囲に響き渡った。振り返った高梨の目に映ったのは、野上の興奮した顔で、このままでは最悪の事態になりかねない、雪下を制せねばと思ったのだが、それより前に雪下は口を開いていた。

「放っておけない。お前は鈴木に利用されているだけだ。鈴木はお前の妹に少しも同情などしていない。そもそもネットに妹さんに関する誹謗中傷を書き込んだのは鈴木だ」

「でたらめだ！」

野上が喚くのを前に、高梨は呆然とするしかなかった。雪下の口から鈴木の名が出たことにも驚いたが、彼が語る内容は初めて聞くものばかりだったからである。

「真実だ。鈴木の親戚に妹さんと同じ高校の生徒など一人もいない。最初から妹さんの自殺を利用し、お前に協力させるつもりだったんだ。Ｎシステムで暴力団幹部の車を追跡させる

ために！」

「警視、どうして彼はそんなことを知っているんです……？」

いつの間にかすぐ近くまで来ていた竹中に問われたが、高梨にその答えがわかるはずもなかった。

「嘘だ！」

「嘘じゃない。よく思い出せ。妹さんは遺書になんて書いていた？　黒岩や人見、坂崎の名を残していたか？　恨みを抱いている人の名前など一人もなかったと聞いている。妹さんはお前には何も知られたくなかった。真面目な彼女はただ自分を責め、大切に育ててくれた兄に対し申し訳が立たないと、それだけ綴《つづ》っていたんじゃないのか？」

「うるさい！　うるさい！　うるさい！」

野上が興奮し、喚き立てる。そのたびに銃口が佐伯の頭に押しつけられるのだが、佐伯は最早悲鳴を上げる気力もないらしく、真っ青になって震えていた。安全装置はまだ外されていないので弾みで発砲することはないだろうが、それでもこの状態が続けば野上は自らの意思で銃を撃ちかねない。

「野上巡査長、落ち着くんや。雪下はもと刑事やし、そもそも嘘を言うような男やない。落ち着いてまず、彼の話に耳を傾けてみたらどうや？」

「警視！」

まさか高梨がそのような発言をするとは思っていなかったらしく、竹中が驚いた声を上げる。雪下もまた唖然としたように高梨を見たものだから、一瞬、場はしんとなった。

そのおかげか、野上が気を削《そ》がれたような顔となり喚くのをやめる。機を逃さないようにと高梨は野上を説得すべく熱く彼に訴えかけた。

「鈴木に関しては、我々も目をつけたとこやった。北陸組いう暴力団と通じてるのはほぼ、間違いないと思うとる。彼が求めてきたんは、北陸組と抗争中の新栄会の幹部の車の位置情報やったはずや。結果として三人の幹部の命が奪われることになった。鈴木は北陸組の手先となって動いとったということや」

「………………」

高梨の話に野上は信憑性を見出したようである。鈴木の依頼でNシステムで得た情報を流したことが事実であったからだろう。鈴木の意図を理解し始めたらしい野上に対し、次に話しかけたのは雪下だった。

「北陸組は新栄会幹部の位置情報がほしかった。Nシステムを扱う部署の中で野上さん、あんたに目をつけたんだ。あんたが過去に、妹さんを自殺に追いやった黒岩裕一の車の位置情報を調べようとし、懲戒処分を受けたことを知ったんだろう。それで鈴木を使ってあんたの復讐心を煽るように仕向け、取引を持ちかけた。あんたが今持っているトカレフと引き換えに、新栄会の幹部連中の車の位置情報をNシステムで調べろと。さっきも言ったが、あんたは鈴木に……北陸組に利用されたんだ。もう一度、妹さんがあんたに望んでいたことを思い出してほしい。妹さんはあんたに、人殺しを望んでいたか？　遺書を思い出してくれ。ただ、謝っていいただけじゃないのか？　自分が死ぬことを許してほしいと、そう書いてあったんじゃないのか？」

雪下の話を聞きながら高梨は、彼が警察以上に北陸組や鈴木について、情報を得ていることに驚いていた。が、今はそれを問題にしている場合ではない、と、声を発することがなくなった野上の説得にかかる。

「妹さんのためにも死のうなどとは思ってはいけません、野上さん」

「そうだ。妹さんはあんたに、自分の分まで生きてほしいと書いていたはずだ。その男も、それに黒岩裕一を殺したとしても、妹さんが喜ぶと思うか？　あんたがそれだけの罪を犯せば、彼女なら悲しむんじゃないか？」

「……ああ、そうだ。花梨なら悲しむ……俺は……俺は……」

野上の声が震え、銃を持つ彼の手がだらりと下がる。

「ひぃいいいっ」

情けない悲鳴を上げながら、よたよたと佐伯が離れるのと入れ違いに、高梨は真っ直ぐ野上へと進み、彼の手から銃を受け取った。

「……行きましょうか」

俯く野上の顔を覗き込み、声をかける。

「……はい」

野上はすっかり大人しくなっていた。俯いたまま返事をし、両手を差し出す。

「手錠はええですよ」

かけずとももう、逃走の危険はないだろう。何かが抜け落ちたかのような表情をしている野上を見てそう告げたあと高梨は、近くに佇む雪下へと声をかけた。

「話を聞きたいんで、一緒に来てもらえるか？」

「悪いがちょっと具合が悪くてね。病院に行くもので同行はできない。じゃあな」

しかし雪下はそう言ったかと思うと、踵を返し階段へと向かっていった。

「警視、どうします？」

雪下は状況を知りすぎている。あとを追うべきかと竹中が問うてきたとき、

「あの」

と野上が声を発した。

「……あの人、具合が悪いというのは本当です。俺が撃ったので……」

「なんやて⁉」

思いもかけない野上の発言に、高梨は驚いて声を上げたあと、同じく驚いている様子の竹中に命じた。

「すぐ追ってくれ。顔色が悪いとは思うとったけど、まさか被弾していたとは。ちゃんと手当てをしとるんか、それを確認してほしい」

「わ、わかりました」

竹中は納得できてはいない様子だった。が、高梨の命令には従わねばと思ったのか、焦って駆け出していった。

「……自分では行かないんですか。俺は逃げませんよ」

野上がぼそりとそう呟き、高梨を見る。

「雪下は僕のもと同期でして。僕が行ったら逆に言うことを聞いてくれへんのやないかと思ったんですよ。同期はほら、遠慮がないさかい」

雪下が言うことをきかないのは、自分を嫌っているからだが、そのままを伝えれば野上の中に疑問が生まれよう。悪いと思いつつ誤魔化《ごまか》した高梨の顔を、野上がちらと見上げる。

「……同期か……まさかあの男がもと警察官とは思いませんでした。一体、何者なんですか」

「今は調査会社に勤務していると聞いています。そう言っていませんでしたか?」

「言ってました。別件で調査している最中に俺のことに気づいたと……」

「その辺の話もあとで伺わせてください」

いきましょう、と高梨が野上を促し歩き出す。と、突き当たりの部屋のドアが開いたかと思うと、それまで鳴りを潜めていたと思《おぼ》しき黒岩裕一が顔を覗かせたものだから、高梨はっい彼へと視線を向けてしまった。

「この、人殺しが！　人見や坂崎が何をしたっていうんだ！」

野上が逮捕されたことを扉越しに聞いていたか、もしくは佐伯と電話で話したのか。自分に害が及ばないとわかった途端に顔を見せ罵ってくるとは、本当に性根が腐っている。

憤りは覚えたものの、相手にするだけ馬鹿らしいと、高梨は無視を貫くことにし、野上を促した。と、野上が足を止め、裕一を振り返る。

「お前も人殺しだろう。俺の妹だけじゃない。お前たちが中絶をさせた女性は五人以上いたと聞いたぞ」

「……っ……そんなデマ、信じる人間はいない！」

裕一は一瞬、ぐっと詰まったが、すぐに声を張り言い返してきた。罪悪感というものがないのかと高梨は憤ったこともあり、何も言わない野上の代わりに言い返すことにした。

「誰が信じようと信じまいと、自分がしたことは消えへんやろ」

「デマだと言ってるだろうがっ！」

それを聞き、裕一は尚も怒声を張り上げた。が、彼の目ははっきりと泳いでおり、誰より本人が『デマ』ではないとわかっていることを証明していた。

「………」

野上が高梨を見やり、ぼそ、と小さく呟く。

『ありがとうございました』

聞こえないような声で告げられたのは謝意であったと高梨は気づいたが、本人は聞かせるつもりのない言葉だったかもしれないと思ったこともあり、唇を引き結ぶようにしてさりげなく頷くと野上と共に階段を下り、警視庁へと戻るべく覆面パトカーへと向かったのだった。

野上の取り調べは高梨がそのまま担当することとなった。部屋で向かい合うと野上はまず高梨に対し、深く頭を下げた。

「人見と坂崎を殺したのは自分です。申し訳ありませんでした」

「……経緯と、動機を説明してもらえますか」

高梨が問うと野上は「はい」と頷いたあと、少し考える様子をしてから口を開いた。

「……経理の鈴木が、接触してきたんです。彼の従姉妹《いとこ》が妹と同じ高校出身とのことで、最近、妹の死についてネットで話題になっていると。彼が見せてくれたＯＢＯＧの裏掲示板には、妹をカラオケボックスで強姦した三人が飲み会の席で妹の話題を出した挙げ句に、あんな尻軽の馬鹿女のせいで自分たちの輝かしい将来に傷がつかなくてよかったと言っていたと書いてあり、それを見て頭に血が上ってしまって……」

雪下の言っていた『そもそもネットに妹さんに関する誹謗中傷を書き込んだのは鈴木だ』という発言はこのことだったのかと高梨は察すると同時に、雪下がそこまで調査できていたことに驚きを覚えた。

「……妹の葬儀に、黒岩代議士の秘書を名乗る男が、高額の香典を持ってきました。代議士の息子は無関係だが、妹とは面識があったので弔意を示したいということでしたが、妹からは何も聞いたことがなく、友人らに聞いて回った結果、亡くなった前日、妹が他校の学園祭に行き、そこで黒岩裕一らと出会ったことがわかりました」

ここまで話すと野上は少し黙り、やがて抑えた声で話を再開した。

「……その日……妹が死んだ日には、俺は宿直で家にいなかったんです。帰宅したら妹はもう、冷たくなっていた。遺書はありましたが、理由はほぼ書いていないようなものでした。自分で自分が許せなくなったから死ぬのだと……俺には申し訳ないと、それだけが書いてあったんです。何がなんだかわからなかった。葬儀のときにも思考力がまったく働かず、それで黒岩からの香典も受け取ってしまったんですが、調べるうちに黒岩が取り巻きの生徒と一緒に妹を強姦したらしいことがわかってきました。黒岩と人見と坂崎、あの三人はそうしたことを繰り返していて、妹も犠牲になったのだと……だからこその香典だったのかとわかったとき、なぜ受け取ってしまったのかと、俺は自分を責めました」

悔しげな表情を浮かべ、心情を絞り出すようにして言葉に乗せている。痛ましさを覚えながらも高梨は、野上に先を促した。

「彼らの動向を探るために、当時、黒岩の車の位置情報を調べようとしたんやな」

「はい。黒岩は自分専用の車で通学していました。親が甘やかしていたようです。車に連れ込まれた女子は多かったと聞いています。妹もきっとその一人だったに違いないと思い、今更と思いながら追跡をしていたところ、上司から注意を受けました。妹のことへの同情からか、処分的にはたいしたものではなかったんですが、話題にはなったのか……それで鈴木に目をつけられたんですね」

野上は落ち着きを取り戻したのか、淡々とした口調で言葉を続けた。

「四年間、妹のことを忘れた日はありませんでした。しかし俺には何もできなかった。黒岩代議士宛にお金を送り返し、金より話を聞かせてほしいと連絡を取ろうとしたのですが、倍額以上の金が送り返されてきただけでした。家を訪れても門前払いで、会うこともできなかった。それで当時の俺は諦めてしまった……たった一人の妹だったのに」

野上の語調にまた熱が籠もってくる。

「年齢が離れていたし、両親を早くに亡くしていたから、妹にとっては俺が父親代わりでした。高校生になってからはいわゆる思春期というのか、生活面に口を出されるのをいやがるようになり、何日も口をきかない日があったりしました。亡くなったのもちょうどそんなときで……なぜ、もっと話を聞く努力をしなかったのだろう。妹を大事にしなかったのだろうと己を責める日が続きました。妹が亡くなるきっかけを作ったのは他にいたかもしれないが、原因は自分にもあったのだと、反省してもしきれない四年間を過ごしてきました。鈴木に話を聞くまでは」

　ここで野上は我に返った様子となり、暫し口を閉ざしてからまた話し始めた。

「鈴木は、黒岩裕一や取り巻きを殺したいだろうと俺を煽ってきました。俺はまんまと彼の煽りに乗り、彼に言われるがまま、渡されたナンバープレートの車の位置情報を流し、鈴木の言う『協力者』たちの手を借りて、人見や坂崎を殺しました。協力者が北陸組だということも、位置情報を教えた車の持ち主が対立組織の新栄会で、幹部が三人殺されているということもわかっていましたが、まったく罪悪感は覚えなかったし、興味もなかった。黒岩裕一を殺したあとに自害しようとしていましたから……でも、人見を殺したあと、帰宅途中に声をかけられたんです。あの雪下という人に」

　雪下の名が出て、高梨ははっとした。彼はどういう形でかかわっていたのか、少しはわかるかもしれないと期待しつつ、野上の話に耳を傾ける。

「経理の職員である鈴木について話があると言われました。なぜか彼は俺が鈴木に取り込まれたことも俺が人見を殺したことも知っていて、思い留まれと説得しようとしてきました。今からでも自首をしたほうがいい、大学生を殺したところで妹さんは戻らない、そもそも妹さんは復讐を望んでいると思うかと……彼の言うことはもっともだった。でももっともだっただけに、聞きたくないと思ってしまった。それで俺は持っていた銃で彼を撃ってしまったんです」

　ここで野上は、そのときのことを思い出したのか、はあ、と大きく息を吐き、開いた己の両手を見下ろした。

「人見を撃ったときには、あまり罪悪感を覚えませんでした。妹の敵だと感じていたので。でも無関係のあの人を撃ったとき、激情に駆られたとはいえとんでもないことをしてしまったと真っ青になりました。夜中で人通りはなかったんですが、銃声は響き渡ってしまって……そうしたらあの人、人が来る前に逃げろと言って、俺の前から姿を消したんです。腹に命中していたことは間違いなくて、苦しそうにしていたのに、俺を責めることなくそのまま……」

「……そう……だったんですか」

被弾した彼が姿を消さねばならなかった理由はなんなのか。すぐには思いつかなかったが、撃った野上を庇《かば》おうとしたことは理由の一つではあっただろうと高梨は小さく頷いた。

「去り際に、復讐など思い留まるようにと言われましたが、既に北陵組によって段取りを整えられていて、俺はそれに乗っかり坂崎を殺しました。思い留まるつもりはなかった。憎い三人を殺して、四年遅れで妹に謝りに行くのだとそれだけしか考えられなかった。高梨さんや竹中さんが聞き込みにきたことで、自分が疑われていることを察しました。逮捕されるより前に、と焦って今日、黒岩裕一を殺しに行ったんですが、まさかそこに雪下さんが来るとは……」

はあ、と野上はまた大きく溜め息を漏らしたあとに、泣き笑いのような顔になった。

「もしかしたら雪下さんは、俺を説得しようとして、色々と調べてくれたのかもしれません。最初に俺の前に現れたときには、鈴木が何をしたかといった具体的なことは何も言ってませんでしたから……。あのときあの人が言っていた鈴木の行動はまさに俺が体験したことで、それで俺は我に返ることができました。でも未だにわからないのは、どうしてあの人がそこまでしてくれたかということです。何の調査をしていたかは知らないけれども、俺に関してはその一環で知ったと言ってました。ということは、目的ではなかったということですよね。なのにあの人は俺を思い留まらせようと必死だった。撃たれても俺が罪を重ねようとするのを止めようとした。なぜ、そうまでしてくれたのか、あの人の目的はなんだったのか……」

「雪下はそういう奴なんですわ」

高梨の胸には今、熱いものが込み上げてきていた。

「刑事の頃からそうでした。人の心の痛みが誰よりわかる奴なんですわ。そして人一倍、ハートが熱い。あなたが鈴木に騙《だま》され、歪んだ復讐心に囚《とら》われていくのを見ていられなかったんやと思います。目的があったわけやない。強いていうなら、あなたに人の道をこれ以上踏み外してもらいたくなかった、それが目的やったと思いますよ」

言いながら高梨は己の声が涙で震えそうになるのを堪えねばならなかった。もう何年も前になるが、雪下や納と切磋琢磨《せっさたくま》した若き日の思い出がまざまざと記憶から蘇ってくる。

正義感の強い、優しい男。不器用さゆえ誤解されることも多かったが、刑事は彼の天職だったはずだ。それを辞めざるを得なくなったことでどれだけ苦しんだことだろう。

確かにやさぐれていた時期もあった。しかし本質は何も変わっていなかったと改めて知ることができた。それを何より喜ばしく思う。

彼の正義感が、人を思いやる気持ちの強さが、野上を思い留まらせる結果となったのだから。そう思いながら高梨は、目の前で己と同じく、胸を熱くしている様子の野上に対し、頷いてみせた。野上もまた頷き返したあと、居住まいを正したかと思うと、

「本当に、申し訳ありませんでした」

と改めて深く頭を下げ、己の罪の重さをひしひしと感じていることがわかる謝罪の言葉を告げたのだった。


野上の取り調べを終えると高梨は一人警視庁を出て、新大久保へと向かった。課長や部下には行き先をぼやかし、一人で向かった先は青柳探偵事務所ではあったが、訪ねたところで雪下には会えまいという彼の予想は当たっていた。

「これは高梨警視。どうしました？」

笑顔で迎えてくれたのは、所長の青柳だった。にこやかにはしているが目は少しも笑って

いない。事務所内の様子を窺うも、雪下の在否はわからなかった。なんとなく、以前訪れたときより片づいているような気がするがと思っているところに、水泳選手を思わせる若い男が緊張した面持ちでコーヒーを盆に載せやってきた。

「どうぞ」

「おおきに」

礼を言い、一口飲む。おや、と思ったのが顔に出たのか、青柳が、

「どうしました？　毒でも入ってましたか？」

と笑顔で問い掛けてきた。

「いや、ウチと同じ豆なんかなと思いまして。これ、美味しいですよね」

それを聞き、コーヒーを運んでくれた若い男が息を飲んだのが気になった。が、どうしたのかと問うより前に、青柳が高梨に問い掛けてきた。

「それでご用件は？　ウチは別に警察に調べられるような後ろ暗い事務所ではありませんよ」

「今日は雪下さんに用事があって来たんです。いらっしゃいますか？」

高梨もまた笑顔で問い掛ける。

「今、仕事に出ています」

「仕事？　彼は今、怪我をしとるんとちゃいますか？」

高梨の問いかけに未だ室内に留まっていた若い男はまた息を飲んだ。

「高太郎、ここはいいから。就活の準備でもなんでもしておきなさい」

青柳はまたも高梨が彼に話しかけようとするのを制するようにそう言うと、若い男を部屋から出したあとに、にっこりと、それは優雅に微笑み口を開いた。

「怪我をしているかどうかはともかく、今、雪下は不在です。ご用件があるのなら代わりに承りますよ」

「雪下は被弾してるはずですわ。彼を撃った人間から聞いたので間違いありません。治療はされていますか？　部下があとを追ったのですが追いきれなかったため心配しているのです」

竹中が外に出た時には既に、雪下の姿はなかったという。あの顔色の悪さを思うと相当身体はきつかったのではないかと案じているのだが、と高梨が問うたのに、青柳は、

「そうなんですか？」

とわざとらしいくらいに驚いてみせた。

「捜査員の健康状態は本人任せにしているのですが、銃で撃たれたとあってはさすがに捨て置けませんね。至急、連絡を取ることにしましょう。お知らせくださりありがとうございます」

先程の若者の様子からして、青柳が雪下の被弾を知らないとは考えがたい。敢えて惚《とぼ》けるその理由は、と高梨は少し突っ込んでみることにした。

「雪下さんは何を調査されていたんですか？　今もその調査を継続していらっしゃるんでし

ょうか」

「高梨さん、ご存じのとおり探偵には守秘義務がありますから。いくら刑事であるあなたの質問とはいえ、答えられませんよ。おわかりください」

のれんに腕押しという言葉が、高梨の頭に浮かぶ。どれほど食い下がっても明かされることはないだろうと推察できるが、調査内容はやはり気になる、と無駄とわかりつつカマをかけてみることにした。

「失礼しました。もしや雪下さんが調査しているのが、警察職員の鈴木であったのなら、彼が逮捕されたことを知らせたほうがええかと思ったんですわ。余計なことやったら忘れてください」

「ありがとうございます。そのまま伝えておきますね」

だが青柳は笑顔でそう答えただけで、彼の表情からも言葉からも、何をも窺い知ることはできなかった。

「あともう一つ、雪下への伝言をお願いしてもよろしいでしょうか」

仕方がない、引き下がろう。諦めたものの、これだけは伝えたいと青柳を見やる。

「ええ、どうぞ」

相変わらず感情の読めない返しをする青柳を真っ直ぐに見据え、高梨は雪下に対するのと同じ熱量をもって話しかけた。

「野上さんに働きかけてくれたことにはほんまに感謝しとると。あの人を救ったのは雪下さんです。ほんまにありがとうとお伝えください」

「わかりました。これもそのまま伝えておきますね」

青柳の返しは先程と同じで、本当に伝えてくれるのだろうかと疑問を持つほど軽いものだった。が、それを指摘したところでなんの効果もないとわかるだけに、高梨は立ち上がった。

「それではお時間とらせてしまい、申し訳ありませんでした」

「いえいえ。ああ、高梨警視、最近またあなたをネットで見ましたよ」

青柳は淡々と送り出すだろうと思っていたのだが、いざ高梨が立ち去ろうとするとなぜか彼のほうから話題を振ってきた。

「ネットですか？」

嫌な予感がする、と眉を顰《ひそ》めた高梨だったが、青柳の説明を聞き、そのことかと安堵した。

「豊洲のマンションで一騒動あったでしょう。あのとき野次馬があなたの活躍を手元のスマホで録画し、あとからＳＮＳにあげてたんですよ」

「そうでしたか」

少し話題になったことは高梨も認識していた。一緒に写っていた田宮に害が及ぶのではと案じたが、田宮も自分も殆《ほとん》ど顔が認識できなかったために放置したのだった。

あれを見て自分とわかるほうがすごいと高梨は逆に驚き、それを青柳に伝えることにした。

「よく私とわかりましたね」

「はは。一目見てわかりましたよ。声も入ってましたから。いい声してらっしゃいますしね。高梨さん」

青柳は笑ってそう言うと、

「それじゃあ、皆さんによろしく」

と高梨を送り出した。

『皆さん』というのが警察関係者を指すのか、動画に一緒に写っていた田宮を指すのか、どちらともとれるよなと思いながら高梨は青柳の許《もと》を辞すと、今日はそのまま帰っていいかと課長に許可を得、自宅へと戻ったのだった。

時間的に田宮は留守だと思い、鍵を自分で開けたあとに、いつもの癖で声をかける。

「ただいま」

「おかえり！」

「え？」

在宅していたのか、と驚いたせいで思わず目を見開いたその先に、出迎えに駆け出してきた愛しい恋人がいる。

「今日も自宅待機になったんだ。明日は来てほしいと言われているんだけど」

高梨が驚いたまま固まっていたからか、自宅にいる理由を説明し始めた可愛らしいその口を、抱き締め、塞ぐ。

「ちゃうんや。まだ早い時間やさかい、ごろちゃんは帰ってへんやろなと思っていたところやったから……ああ、そういや昨日、電話で今日も休みと聞いたんやったな。すっかり忘れてもうて、これは嬉しい夢やないかとぼんやりしてしまっただけなんよ」

「夢って……なわけないだろ」

高梨の腕の中で田宮が、くす、と笑う。

本当に可愛い——そして愛しい。このまま抱き締め、再び唇を塞ぎたいと思うも、泊まり込みが続いたため、まずは入浴だ、と田宮の背から腕を解《ほど》いた。

「良平？」

田宮が訝しそうな顔で見上げてくる。

「先にシャワー浴びさせてもらうわ。汗くさいやろ」

そう。シャワーを浴びたあと、田宮を迎えるべく食事の仕度でもしておこうかと、高梨はそう思い早めの帰宅を課長に申し出たのだった。家にいたのは嬉しい誤算ではあったが、計画は崩れたなと内心苦笑しかけた高梨の腕を田宮が摑む。

「……シャワーはあとでええんちゃう？」

上目遣いに高梨を見上げ、ぼそ、と呟く。うそくさい関西弁は高梨に自分を失わせるには充分で、興奮のあまり高梨は一瞬、声を失っていた。

「……なんだよ」

まじまじと顔を見下ろすことになったからか、田宮がむっとしたような表情となり、高梨から視線を逸らせる。

不快に思ったのではなく、照れているのだということがわからぬはずがない。もう、可愛い、と顔が緩むのを堪えることができず、高梨はその場で田宮を抱き上げた。

「わっ」

「ごろちゃん、僕を煽るの上手すぎやわ」

「煽ってないし。てか下ろせよ！」

相変わらず照れているようで田宮が高梨の腕の中で暴れる。

「すぐ下ろすて」

浮かれる自分を抑えることができない。我ながら声も足取りも弾んでいると自覚しながら高梨は寝室へと向かうと、田宮をそっとベッドの上に下ろし、早くも上にのしかかった。

「ほら、下ろしたやろ」

ああ、愛しい。何日ぶりに顔を見ただろう。こうして近く顔を寄せ、唇を重ねる。すべらかな頬を指で辿りながら高梨は昂《たか》ぶる気持ちのまま、田宮の唇を塞いでいった。

「ん……っ」

舌をからめとり、きつく吸い上げる。激しいくちづけに田宮は躊躇うことなくすぐに応え始めた。

華奢《きゃしゃ》な両腕は今、高梨の背をしっかりと抱き締めている。互いの胸に溢れる愛しさ、会えない間のつらさ、そして再会の喜び。抱く感情、すべてが共通していると確信できるとはなんと幸せなことだろう。

そう実感しながら田宮の唇を貪《むさぼ》っていた高梨の背から田宮の腕が外れ、前へと回る。服を脱がせようとしてきた彼の動きで高梨は、抱く欲情まで同量だとますます嬉しく思いつつ、その手を摑み、唇を離した。

「自分で脱ごか」

「うん」

そのほうが早い。互いに微笑んだあと、それぞれ身体を起こして服を脱ぐ。脱衣の途中、やはり汗臭いなと気にしていた高梨は、背後から田宮が抱き締めてきたことに驚きつつも申し訳なさを覚え、振り返った。

「やっぱり、先にシャワー、浴びてくるわ」

「いいよ。このままが」

少し怒っているような声音。すね方もまた可愛い。愛しさが募り、高梨は、

「おおきに」

と礼を言うと田宮の腕を解かせ、そのままベッドに押し倒した。

「ん……っ」

キスで唇を塞ぎながら胸を弄《いじ》り、既に立ち上がっていた可愛らしい乳首を摘《つ》まみ上げる

「んん……」

身悶《みもだ》え、腰を擦り寄せてくる田宮の動きに興奮を煽られた高梨の雄は早くも勃《た》ち上がりつつあった。と、感触で気づいたらしい田宮の手が伸び、それを握り込む。

「あかんて」

触れられた瞬間、どくんと高梨の雄は大きく脈打ち、完勃ちに近い状態となった。普段の田宮は、閨《ねや》でもそれは貞淑、かつ恥じらいがちであり、自ら積極的な行為に及ぶことはあまりない。そんな彼の不意打ちには弱いのだ、と高梨が田宮の手を摑む。

下手をしたらすぐにもいってしまいかねない。それこそ田宮を満足させるより前に、と、それを案じたのだったが、拒絶ととったらしい田宮が途端に不安そうな顔になったのを見て、慌てて高梨は理由を説明したのだった。

「ちゃうよ。興奮しすぎてすぐにいってもうたら、ごろちゃんに悪いと思うただけや」

「そんな……」

いいのに、と田宮の顔に笑みが戻る。本当にいつまでも初々しく、そしてどこまでも優しい。そんな彼には思う存分気持ちよくなってほしい、と高梨は自然と微笑んでしまいながら、田宮の下肢に顔を埋《うず》めた。

「あっ……や……っ……あぁ……っ」

田宮の雄もまた、勃起していた。彼の興奮が嬉しい。これでもかというほど快感を味わってほしいと、根元を握りながら雄を舐《ねぶ》り始める。

硬くした舌先で先を抉りながら、もう片方の指で竿を扱き上げ、くびれた部分を刺激する。滲み出る先走りの液を啜《すす》り、どくどくと脈打つ雄を舐りまくりながら睾丸を掌で握り締める。

「あっ……もう……っ……あっあっあっ」

今や田宮の雄は完全に勃ち上がっていた。しかし高梨の指により射精を阻まれているために、絶頂すれすれの快感に見舞われているようである。

いやいやをするように激しく首を横に振りながら、腰を捩《よじ》らせる。色白の彼の肌は今、全身ピンク色に染まり、噴き出した汗が天井の明かりを受けてキラキラとそれは綺麗に輝いていた。

美しくも艶《なま》めかしい裸体に見惚《みと》れてしまいながらも、間断なく指を、口を動かしていた高梨は、意識が朦朧とし始めたらしい田宮が手を伸ばし髪を摑んできた、その痛みに声を漏らしかけた。

「もう……っ」

己を見下ろしていた田宮と目が合い、どきりとする。目が合ったといいながらも、田宮のほうは焦点が合っているかどうかといった状態だった。

軽く開いた口から覗く紅い舌。紅潮する頬。長い睫《まつげ》の影。あどけない顔に壮絶なまでの色香が漂う、そのアンバランスさには見惚れずにはいられない。呆《ほう》けてしまったようになっていた高梨は、田宮が耐えきれないといった様子で声を漏らしたのを聞き、はっと我に返った。

「かんにん」

慌てて身体を起こし、田宮の両脚を抱え上げる。口淫の最中、高梨は田宮の後ろをも解《ほぐ》し終えていた。自身ももう、限界だと思いつつ、露《あら》わにした田宮の後孔にびくびくと震えるほどに昂まった己の雄の先端を宛《あて》がい、勢いよく腰を進めた。

「あっ」

一気に奥まで貫かれることになり、田宮の華奢な背が仰《の》け反る。高梨の激しい突き上げが始まるとその背は何度もシーツの上でバウンドするように跳ね、その口からは高い喘《あえ》ぎが放たれていった。

「あっ……あぁ……っあっあっあっ」

恍惚《こうこつ》の表情を浮かべつつ、捕まる背を求めて両手を伸ばしてくる。本当に愛しい、と高梨が覆い被《かぶ》さっていくのを迎える田宮の頬に笑みが浮かんだが、おそらく彼の意識はほぼないに違いなかった。

おかげで幼子のような無邪気な表情となっている田宮の口から、高梨の名が漏れる。

「りょう……へい……っ」

「ごろちゃん……っ」

人を愛しいと思う気持ちに限界があるとしたら今だ。心からそう実感しながら高梨は、田宮の片脚を離すと、張り詰め震えていた彼の雄を摑み、一気に扱き上げてやった。

「アーッ」

喘ぎすぎたせいか、少し掠れた高い声を上げ、田宮が達する。

「……っ」

射精を受け激しく収縮する彼の後ろに絞め上げられた結果、高梨もほぼ同時に達し、田宮の中に精を吐き出した。

「ああ、かんにん」

中出ししてしまった、と慌てて腰を引こうとした高梨の背に田宮の両脚が回り、ぐっと抱き締めてくる。

「……大丈夫……」

達したことで意識がはっきりしてきたのか、田宮がそう言い、にっこりと微笑みかけてくる。射精して尚、硬度を保っている高梨の雄の感覚から、次なる行為を望んでいると察しているらしい彼の気遣いを本当に愛しく思いながら、せめて呼吸が整うまでは堪えようと高梨もまた笑顔で頷くと、田宮の髪を指で梳《す》き上げ、額に、頬に、数え切れないほどのくちづけを落としていったのだった。

翌日、出勤した田宮は、事務所内に座る雪下の姿に驚き、思わず声をかけていた。

「雪下さん、大丈夫なんですか」

雪下はそれには答えず、じろ、と田宮を見たあと口を開く。

「昨日、ここに高梨が来たそうだぞ」

「えっ」

驚いたせいで田宮の声が高くなる。と、雪下はそんな彼を更に厳しい目で睨むと、

「バレないうちに辞めるんだな」

と言葉を残し、事務所を出ていってしまった。

「…………」

相変わらず顔色は悪かった。腹の傷が癒えたとは思えない。大丈夫なのだろうか。雪下の体調を案じると同時に田宮は、高梨が青柳探偵事務所を訪れた理由はなんだったのだろうとそれを考え始めた。

やはり捜査中の事件と雪下の被弾に関係があったということだろうか。どういう関係が？

高梨は雪下が被弾していることを知っているのだろうか。もしや心配して訪ねてきたのでは

ないのか。

　だとしたら——二人の関係は少しは近づいていると、考えていいのだろうか。それなら喜ばしいのだが。そう思いつつ、デスクを見ると雪下からの報告書用のメモやレシートがクリップ止めされた状態で置かれている。

　今まで彼がしてきた調査が終わったのだろうかと、メモを手に取ったそのとき、ドアが開き青柳のアンニュイな声が響き渡った。

「おはよう。あれ、雪下君は？」

「おはようございます。今、出かけられました」

　しまった、まだコーヒーメーカーをセットしていない。慌ててそのほうに走ろうとした田宮に、

「ああ、いいよ。ゆっくりで」

　と青柳は声をかけてくれたあとに、やれやれ、と肩を竦めた。

「調査はもう終わったんだから、ゆっくりすればいいのにね」

「そうなんですね」

　どういう調査かは聞くわけにはいかない。それに高梨がかかわっているのかということも当然聞けるわけがないと思っていたというのに、何を思ったのか青柳が眠そうな声で語り始める。

「今回の彼のターゲットは警察官じゃなくて経理の職員でね。暴力団の手先となっている証拠集めをしていたんだよ。なのに雪下君たら、その職員が取り込もうとした警察官に思い入れを持っちゃって。ほんと、脇道に逸れるのもいい加減にしてほしいよ。おかげで君の『おうちの人』までやってくるし、参った参った」

「……あの……」

それは自分が聞いていい話なのだろうか。疑問を覚え声をかけた田宮に、青柳はそれは魅力的なウインクをして寄越す。

「やっぱりコーヒーを貰《もら》えるかな。寝ぼけて喋りすぎちゃった。雪下君には内緒だよ。勿論、『おうちの人』にもね」

「あ、はい」

やはり寝ぼけていたのか。それともそうと装った上で高梨が事務所に来た理由を説明してくれようとしたのか。どちらにせよ、このまま勤め続けることはできそうだと、田宮は密かに安堵の息を吐く。

いつまで高梨に隠しとおせるかはわからない。その前に雪下と高梨の関係が二人の望む形に戻っているといいと願う田宮の脳裏には、朝、『いってきます』のキスを交わした高梨の優しい笑顔が浮かんでいた。

あとがき

はじめまして&こんにちは。愁堂れなです。

この度は九十七冊目のルチル文庫となりました『罪な報復』をお手に取ってくださり、誠にありがとうございます。

約二年ぶりの発行となった『罪シリーズ』新作です。長らくお待たせしてしまい、大変申し訳ありませんでした。久々登場の良平とごろちゃんの二人を少しでも楽しんでいただけましたら、これほど嬉しいことはありません。

イラストは陸裕千景子先生です。背中合わせの素敵な雰囲気の表紙に、やっぱり先生の描いてくださる二人はいいなあとほんわか幸せ気分が込み上げてきました。皆さんもきっとそうですよね（笑）？

お忙しい中、本作でも沢山の萌えと幸せを本当にありがとうございました。

また、今回も大変お世話になりました担当様をはじめ、本書発行に携わってくださいましたすべての皆様に、この場をお借り致しまして心より御礼申し上げます。

実は私、今年の十月で二十周年を迎えるのですが、記念すべき？　一冊目が罪シリーズだったのでした。

個人サイトに掲載していた『罪なくちづけ』（原題は『見果てぬ夢』）を読んだアイノベルズの担当様が、ノベルズにしませんかとお声をかけてくださり、それでデビューとなりました。

あれから二十年……と思うと、時の流れの速さに愕然とします。ごろちゃんの会社のパソコンのディスプレイがブラウン管タイプだったり、携帯も二つ折りだったりしましたよね。いつの間に彼らはスマホを持ち始めたのだったか（笑）。

二十年もシリーズを続けていられますのも（最初の版元さんが倒産しているにもかかわらず！）いつも応援してくださる皆様と、そしてルチル文庫様のおかげです。本当にありがとうございます！

これからも皆様に少しでも楽しんでいただける作品を目指し精進して参ります。不束者ではありますが、何卒宜しくお願い申し上げます。

次のルチル文庫様からの発行は夏頃で新作の予定です。そちらもよろしかったら是非、お手に取ってみてくださいね。

また皆様にお目にかかれますよう、切にお祈りしています。

令和四年三月吉日

愁堂れな

✦初出　罪な報復……………書き下ろし

愁堂れな先生、陸裕千景子先生へのお便り、本作品に関するご意見、ご感想などは
〒151-0051 東京都渋谷区千駄ヶ谷 4-9-7
幻冬舎コミックス　ルチル文庫「罪な報復」係まで。

幻冬舎ルチル文庫

罪な報復

2022年4月20日　第1刷発行

✦著者	愁堂れな　しゅうどう れな
✦発行人	石原正康
✦発行元	株式会社 幻冬舎コミックス 〒151-0051 東京都渋谷区千駄ヶ谷 4-9-7 電話 03(5411)6431［編集］
✦発売元	株式会社 幻冬舎 〒151-0051 東京都渋谷区千駄ヶ谷 4-9-7 電話 03(5411)6222［営業］ 振替 00120-8-767643
✦印刷・製本所	中央精版印刷株式会社

✦検印廃止

ISBN978-4-344-85022-4　C0193　Printed in Japan